侯文詠

The Collection of Flash Fiction
by Hou Wen Yong

極短篇

楔子

一年後，當我寫完這些故事時，隨手拿起一本書，正好讀到加拿大作家瑪格莉特・愛特伍（Margaret Atwood）在《與死者協商——談寫作》一書中談到她的寫作觀點。她引用《聖經》〈約伯記〉裡面的話形容作家是：

「只有我一個人脫逃，來給你報信。」

埋首在家裡寫《危險心靈》的結尾時，是二〇〇三年的四、五月間。那時我已經跟著書中那些十五歲的孩子一起活了將近一年。《危險心靈》結尾的書寫是很折磨人的過程，我不但吃不好，睡不好，甚至心悸、頭痛，全身腰、背到手指全都肌腱炎發作。比那更糟的恐怕是我的心情。

大約是那時候的某一天吧，我心浮氣躁地走上台北街頭。我本來也許只是想散散心的，可是我卻怵目驚心地發現滿街的人**忽然**都戴上了口罩。

我說**忽然**也許不精準，可是那樣的心情卻一點也不誇張。

那時候史無前例的ＳＡＲＳ在台灣已經蔓延開一個多月了，相對於大家的焦慮，我似乎有點遲鈍了。可是我的確是那之後才開始打開電視、翻開報紙，這才接上了所有紛紛擾擾的一切。

我試著打電話給醫界的老朋友，探詢情況嚴重的程度。不確定的氣氛似乎感染著每一個人。那時傳說台北就要封城了，有個感染科醫師悲觀地告訴我：

「要是病毒繼續突變下去，早晚發展出潛伏期就能傳染的致病力，到時候台北的路旁恐怕見得到屍體堆積的景象……」

現在看起來，事情似乎清晰了很多。可是當時的感覺卻完全不同。我在小說荒謬的結尾裡掙扎著，一點也沒想到小說外面等著的，卻是另一個更荒謬的世界。

生活還是繼續著。冥冥之中，偶爾會想起，是不是我們都快死了？然而那只是靈光閃現。仍然上學的小孩，上班的太太，我也在一樣的書房裡，隨著《危險心靈》中十五歲的小男主角在龐大而失序的社會結構裡抗爭、吶喊，忍受分內的失眠、頭痛，全身痠痛。

那時朋友聚會，不知怎地聊起了一個很過時的話題，沒想到大家竟興致盎然。題目是：假如明天是世界末日的話……

有個朋友毅然決然地表示：「我要去搶銀行。」

「你已經那麼有錢了，」我問：「搶了那麼多錢，什麼時候花？」

「花錢沒什麼了不起，我想搶錢，做些這一生從沒有做過的事情。」

另一個朋友說：「我想和家人在一起，做最後的一趟旅行。」

還有人浪漫地表示：「我想去跟曾經愛過的女人一一道別。」大家吐槽他：「恐怕是一一道歉才對。」

輪到我時，想不出什麼來，我像是抗議什麼似地說：「我還不能死。」

「為什麼？」朋友問。

我忽然脫口而出：「我的故事還沒有寫完。」

說完朋友全笑我工作狂。我也被自己脫口而出的話嚇了一跳。這算什麼答案呢？那天晚上我作了一場夢，夢裡是瘟疫末世的景象，人類一個接著一個死去，生物也逐漸滅絕，一個作家在搖搖欲墜的危險裡寫著，口中唸唸有辭：

「我還不能死。」

反正那是一個清醒的時候想起來就覺得很好笑的角色就對了。

後來我開始重讀薄伽丘的《十日談》。《十日談》講的是西元一三四八年流行在佛羅倫斯的黑死病。一群男女逃到郊外去避疫，因為太無聊了，彼此約定每天講一個故事和大家分享。

書中寫到瘟疫流行時描述著：

真的，到後來大家你迴避我，我迴避你；街坊鄰舍，誰都不管誰的事；親戚朋友幾乎斷絕了往來，即使難得說句話，也離得遠遠的。這還不算，這場瘟疫使得人心惶惶，竟至於哥哥捨棄弟弟，叔伯捨棄姪兒，姊妹捨棄兄弟，甚至妻子捨棄丈夫都是常有的事。最傷心，最教人難以置信的是，連父母都不肯看顧自己的子女……

佛羅倫斯的街道上的景象更是：

每天一到天亮，只見家家戶戶門口都堆滿了屍體。這些屍體又被放上屍架，抬了出去。要是弄不到屍架，就用木板來抬。一個屍架上常常載著兩、三具屍體。夫妻倆，或父子倆，或者兩三個兄弟放在一個屍架上，成了一件很普通的事。人們常常可以看到兩個神父，拿著一個十字架走在前頭，腳夫們抬著三、四個屍架在後面跟。常常會有這樣的事情發生，神父知道要替一個人舉行葬禮，卻忽然來了六、七具屍體……

很特別的是，《十日談》裡面輪流講故事的人都帶著一派歡樂的氣氛，故事也全都荒誕不經，有貪婪的人、假正經的人，更多是荒謬的命運、愛慾情仇的故事……或許正因為明天是無常的吧，那些在不可知陰影底下的歡娛嬉鬧，深色絨布上的寶石似地，呈現出一種璀璨而無法言喻的生命質感，深深地吸引我。

現實生活裡，我持續在《危險心靈》小說的結尾裡掙扎著。節節上升的疑似感染、死亡數目仍占據了每天的傳播媒體。有時候，寫不下去了，暫時從小說的世界走出來透透氣。打開電視，又看到了喪禮，家屬的哭泣、哀嚎，殿堂的議員交相指責……

和《十日談》沒什麼兩樣的是，情況愈是吃緊，我們愈是「冒著生命危險」和朋友聚餐說笑，縱情歡樂。時間愈來愈多。有一回，杯盤狼藉，酒酣耳熱之後，幾個問題忽然浮上了我的腦海：

二〇〇三年，就像一三四八年的佛羅倫斯一樣，我們都在台灣想些什麼，做些什麼？我們期待什麼，又害怕什麼？

這些心情，將來，甚至是當我們都死了之後，還有誰在乎嗎？

我沒有對任何人提起。生活本身已經夠麻煩了，更何況這些大概是任誰也無法回答的難題吧？

約莫兩個禮拜之後，我終於寫完《危險心靈》的結尾，把書稿交了出去。我心力交瘁，倒在床上呼呼大睡。我一共睡了一天一夜，這次一個夢也沒有了。

等我醒來，有股莫名的衝動又把我拉回電腦桌前。我拉出了鍵盤，開始打下了最初的幾個字：

這是一個朋友告訴我的故事……

我一邊寫，一邊想起那些對我說著故事形形色色的臉孔，以及各式各樣渴望聽故事的眼神。在那之前，我幾乎沒有想過我的下一本書會是什麼。可是寫著寫著，我忽然知道接下來該怎麼做了。

這一系列極短篇就是這樣開始的。

那已經是一年前的事了。儘管當時我一點也不確定接下來我會聽到什麼，或者往後這個世界會變成什麼樣。

一年後，當我寫完這些故事時，隨手拿起一本書，正好讀到加拿大作家瑪格莉特．愛特伍（Margaret Atwood）在《與死者協商——談寫作》一書中談到她的寫作觀點。她引用《聖經》〈約伯記〉裡面的話形容作家是：

「只有我一個人脫逃，來給你報信。」

是那個時間點讓我訝異得不知從何說起。一年的時間不長不短，那句話簡直像是早在那裡等候我似的。

hospital

life

love & sex

reality show

work

growing up

money

here & there

hospital

你看誰不爽？

這是我自己碰到的故事。

很多人可能不知道，麻醉醫師除了開刀房的工作外，還負責嚴重疼痛病人的照會與治療。有好幾年，那就是我在醫院最主要的工作。由於這些疼痛控制常需要使用嗎啡類管制藥品，因此，我成了使用這類藥物常被諮詢的對象。

有一次，一個黑社會老大被砍傷，送到醫院來開刀。手術之後，他開始每天睡前注射meperidine 25mg（嗎啡類藥品）止痛。一個禮拜之後，病房醫師擔心病人上癮，決定停掉止痛藥。可是這位老大堅持疼痛沒有改善，醫師不應該停藥。雙方各持己見，搞得很不愉快。這位老大揚言宣稱將來他出院以後，要砍掉住院醫師以及主治醫師各一條腿，好讓他們感同身受疼痛的滋味。醫師則揚言要強制老大去煙毒勒戒所。於是這張目的是評估病人是否有藥物成癮的照會單，很快就送到我的辦公桌上來了。

我到達病房時老大正在病床上靜坐。從走廊的小弟到病房內的兄弟的氣勢，我充分瞭解他揚言要砍掉誰誰一條腿的話絕非玩笑。兄弟們讓我等了一會兒，直到他靜坐完畢，才睜開眼睛看我。

「有什麼問題你就問吧。」他說。

我問了一些和疼痛相關的問題，並且做了一些必要檢查。這期間，除了必須接電話，指示一項行動之外，他都配合得很好。我在他講電話時稍停了一下，雖然我聽不清楚內容，不過我聽到他似乎特別交代傷亡的兄弟千萬不要送到我們醫院來之類的話。

「你覺得我像是藥物上癮嗎？」掛上電話之後老大看了我一眼。

「看來不像。」我說。

臨床上，嗎啡類藥物成癮必須同時具備了生理性以及心理性的依賴的症狀才能成立。依照這些標準來判斷，生理上，這位老大藥物使用量沒有隨著時間增加，也沒有戒斷的症狀產生。心理上，從老大電話遙控指揮行動的架式看來，他的人際關係、工作行為也沒有出現退化或者失調的狀況。

「總算聽到一句人話了，難怪他們說你是專家。」他看起來有點開心了，「我這個人不是什麼好東西大家都知道，該我做錯的事我一定認，可是明明我在忍痛，不給我止痛，還說我上癮，硬要栽贓給我，我是不會善罷甘休的。」

「沒有人會硬栽贓給你的，」我笑了笑，「我們是醫院治病，又不是辦案。」

我稍微調整了止痛藥物的劑量以及注射方式，這位老大欣然接受。後來我在護理站找到了主治醫師，告訴他我的看法，並且建議再做一些檢查，查看看治療上是不是還有沒有解決的問題？病房醫師聽從我的建議，安排了紅外線攝影以及其他檢查。他們發現病人骨髓的確還有一些發炎現象，於是決定更換抗生素。

這位老大的進展很快，不到一個禮拜，他已經不需要任何止痛藥了。我最後一次去看他時，他正下床走動，準備要出院了。

一看到我他就把我叫到一旁去，塞給我一疊鈔票。

「這是一點意思。」他說。

我不斷推辭，他則皺起了眉頭，一臉不高興的表情。我只好再三解釋我不收紅包的立場，於是我們就這樣僵持不下。

最後是他把我拉到更角落偏僻的地方。

「我們這一行講究的是義氣，受人恩惠，一定要報答，」他為難地看我半天，終於神秘兮兮地說：「這樣好了，告訴我，你看誰不爽？」

總統的病情

這是一個眼科醫生說的故事。

蔣經國總統晚年的時候為糖尿病所苦，視網膜病變就是其中的併發症之一。台北榮總眼科醫師為蔣經國總統開刀時我正好在那裡擔任實習醫師。當時總統要進開刀房的陣仗很大，不但封鎖整個開刀房，並且有安全人員層層戒備，除了少數相關重要的醫療人員之外，誰也無法進入。能夠參與總統醫療的人員，對於總統的病情可說是守口如瓶。偏偏消息愈封鎖，記者的興趣就愈高，只要看到是眼科醫師就問。

那時候我跟著總醫師實習。每次在門診與病房之間穿梭時，總有記者攔道打聽。通常我們都避而不語，低頭匆匆走過。後來大概是被記者煩得受不了吧，有一次總醫師忽然停了下來，主動轉身過去……

我嚇了一跳，一點也不知道他要幹什麼。

接著，出乎意料地，他開始說明總統的視網膜的病情如何如何，醫療團隊又用什麼方法開刀，治療的效果如何……

所有的記者如獲至寶，全擁到他的面前。他就這樣連珠炮似地說了一分多鐘，說完之後，全場一陣靜默。過了一會兒，才有個記者問他：

「這麼說，你是親自參與了總統的手術？」

「沒有。」總醫師說。

「你怎麼會知道得這麼詳細呢？」

「我也是早上看報紙的。」

從此以後，記者全認識他了。每次記者都會自動閃得遠遠的，不再有人攔問他任何關於總統病情的問題。

死神在酒吧

這是一個病房護理長告訴我的故事。

當婦產科醫師宣布我得了卵巢癌時，我心裡想，天啊，這已經是我這一生得到的第三個癌症了。我曾經在電視上看過一個廣告，內容是有個人從山谷跌了下去，沒死。他站起來又被貨車輾了過去，還是沒死。最後是閃電擊中他，一樣沒死，原來死神在酒吧喝著某牌的啤酒，暫時忘了自己的工作。

一開始我想到的就是這個廣告。不過，這次我未必能夠那麼幸運了。我心裡其實很明白，卵巢癌的存活率非常低，像我這樣的病人，很少有人活過一年的。儘管如此，我還是強迫自己往樂觀的方向思考，既然我都撐過了前兩個癌症，我心想，那麼就沒有道理我不能撐過第三個。

我本身是病房的護理長，到目前為止，仍然還堅守在我的崗位上。像我這樣吃盡各種苦頭的護理長有個很大的好處，那就是：病人一旦知道妳感同身受他們的痛苦之後，他們真的會從內心喜歡妳、尊敬妳，並且傾聽妳的意見。有一陣子我的口頭禪就是：

「你看我，得了三個癌症，還不是一樣在這裡繼續奮鬥……」

現在我愈來愈少用到這句話了，因為每次舊病人向新病人介紹我時，自然就會說：

「你看護理長，人家她得過三個癌症……」

這樣聽，他們似乎就很滿足了。這些說法給病人比醫療還要大的保證，如果護理長得了三個癌症都能活下去，那麼他們自然也能活著。我的存活變成了一種樂觀或是奮鬥的證明，大家都強烈地希望我活下去，而我也有一種強烈的責任感必須如此。

老實說，從某個角度而言，我需要我的病人遠勝過他們需要我。我很少在乎我自己內在怎麼想，可是我的工作讓我發現病人內在的恐懼與不安，於是我告訴自己不要那樣。

像我們病房最近就有一位女性末期癌症患者，知道老公在外面有女人之後，自殺未遂。後來我就告訴她：「既然妳自己都要走了，有人願意替妳照顧老公，有什麼不好呢？」

我跟老公談到這件事時，他只是笑笑。「我是說真的，」我又說了一次，「如果我走了，我希望你再去找一個親密的伴侶。」

他還是一樣，只是笑笑。四年多以來，我安排保險、房地產以及存款……所有未來的事時，他就是那樣笑笑。他不喜歡談那些事情，彷彿我所有的那些安排都不會發生似的。

我試圖讓生活沒有什麼不同，自己開車去醫院上班，接受化學治療，接送女兒上下課……假裝一切都該如同往常。有時候我也會懷疑我這樣是不是自我欺騙，可是我沒有別的方法，我們都需要這些日常生活。

我有一個十六歲的女兒，她從十二歲就開始陪我抗癌了。或許我在潛意識裡覺得這次我可能沒有那麼幸運了，我不知不覺會利用接送的時間告訴女兒諸如：用電鍋煮飯、做菜、收拾碗筷、用洗衣機……這些媽媽應該教會女兒的事情。她總是邋邋遢遢的，我很不放心。可是，似乎我愈是教她這些，她的反彈就愈大。我們常常在車上為了這些瑣事吵架。今天下午在車上她竟然問我說：

「媽，妳是不是明天就要死了？」

我想了一下，「還不至於吧？」

「如果不是的話，妳可不可以不要這麼急著逼我呢？」

我聽完之後沒說什麼，臉沉了下來。我從來沒有想過這些事給她這麼大的壓力。

晚上臨睡前，我發現她把廚房的碗筷洗好了。她留給我一張字條，上面寫著：

媽，對不起，我今天下午說了那些話。請妳不要擔心我，我不會永遠邋遢的，我只是不希望妳死掉……

我第一個反應就是：媽媽也不想死掉啊。後來我又想起那個死神在酒吧的廣告。我算是個很堅強的人吧，可是我一想起那個死神那麼悠閒地喝著啤酒，我卻在這裡忙個半死，結果我再也忍不住了，生病這麼久以來，第一次放聲痛哭。

改運

這個故事是從病人家屬那裡聽來的。

我其實是不相信什麼命理、改運這類事情的，不過這回爸爸躺在醫院裡，為了讓他安心，我只好帶著他的問題親自跑一趟，請王半仙指點迷津。

我爸爸很迷信王半仙，每次碰到疑難雜症都得請教他。王半仙精通陰陽五行、紫微八卦、面相手相、風水地理，還會改運消災。王半仙算命、改運一律不收錢，收入全來自指點應驗，客戶事後酬謝的紅包。王半仙到底準不準我不知道，不過從他的名牌汽車以及服飾看來，他的紅包應該是不少才對。

我爸爸胸痛的毛病其實很久了，本來吃藥控制得好好的，只是最近愈來愈常發作。心臟內科建議他開刀做血管繞道手術，否則，冠狀動脈阻塞的毛病隨時可能要了他的命。爸爸亂了方寸，不分青紅皀白就跑去外科掛了劉主任的門診。劉主任當場就說要他隔天住院，準備開刀。

聽到這麼突如其來的消息，全家都怪他：

「這麼重大的手術怎麼可以不多打聽，隨便說要開刀就去開刀？」

爸爸也同意是應該多打聽打聽，於是我打了幾個電話給現在當醫師的高中同學。電話一打，才發現劉主任是個老醫師，死亡率很高，他的技術在同行裡面的評價並不高。

「誰的風評最好呢？」我問。

「應該是梁醫師吧，」我的同學說：「他是劉主任的學生，年輕有為。」

打聽了幾個醫生，都是同樣的說法，於是我趕緊替爸爸跑去掛梁醫師的門診，希望他能親自替爸爸開刀。

「你爸爸是劉主任的病人，而我又是劉主任的學生，在這種情況下，」梁醫師面有難色地拒絕我們，「基於倫理，我恐怕不能搶老師的病人……」

好了，現在爸爸人在醫院裡，開刀的話，醫師的技術教人不放心，不開刀呢，又像是一顆定時炸彈綁在身上。到底該怎麼辦才好呢？

聽完了我的敘述，王半仙沉默了一下，他捏著手指，嘴巴不知喃喃唸些什麼。

「心臟外科是不是只有這個醫師姓梁？」他問我。

在打電話確認這件事之後，他終於說：「現在可以幫你爸爸改運了。」

他有模有樣地作法，還拿起毛筆，寫下一張批文，寫好之後，又對我面授機宜，要我拿著去找劉主任。

批文上面有爸爸、劉主任的名字，下方則是一大堆隱晦的註解。根據王半仙解釋，依爸爸五行，貴人在水、木，凶煞在金，逢水、木則大吉，遇金則諸事不順。由於劉主任姓名帶金，又帶刀，恐怕不宜。

我拿著批文去給劉主任看時，他困惑地抓了抓頭。

「既然算命先生說了，我們也不能太不信邪……」

「是啊，可是我們很信任劉主任，因此冒昧在想，可不可以請你幫忙介紹你的學生或是別的醫師？」

「可是算命先生……」他停頓了一會兒，忽然說：「有了，不是說貴人在水、木嗎，我有個學生姓梁，有水又有木。」說著他隨手撥通電話，「梁醫師，麻煩你過來一下。」

就這樣，隔天梁醫師親自為爸爸開刀，爸爸也在三個禮拜之後順利出院了。事情很圓滿。出院那天，我到處去送紅包。劉醫師、梁醫師都婉拒紅包，只有王半仙收下了。

老實說，到現在我還是不怎麼相信算命、改運之類的事，不過那天送給王半仙的紅包，我倒還真是心悅誠服，由衷感佩。

逛門診

故事很短，是我在開醫學會議時，聽到一個醫師說的。

便宜的健保在台灣造就了一些怪現象。

我們醫院就有對夫婦閒著沒事一天到晚掛號看診。每次看診，一定要求藥物項目能不能多開幾樣？數量可不可以增加？不但如此，掛完這科之後再轉診另外一科，搞得全院只要是看門診的醫師都認得這對夫妻。

有一天門診時只有先生來了。我很好奇地問他：

「咦，你太太呢，今天怎麼沒來？」

「她今天人不太舒服，」他用一種略帶歉意的表情說：「在家裡休息，沒來。」

非法正義

告訴我這個故事的朋友，現在已經是個資深主治醫師了。

SARS橫行台灣這陣子，有批熱心的醫師志願到受感染的醫院去，我在報紙的名單裡面看到了一個朋友的名字。一看到這個名字，我就知道一定是他沒有錯。

大概十幾年前吧，我們同在天母的一家醫院急診室工作。我是實習醫師，他是我的住院醫師。有一次中午，我坐了他的汽車出去吃飯，我們把車子停在路邊的停車位，吃完飯之後從餐廳出來，他的汽車前面那一部BMW車正好要駛離，也許是車停得太近了，那部BMW車往後撞，又往前撞，把他汽車左前方的大燈撞破了一個洞。正要上前理論時，那部BMW汽車的駕駛竟然加速逃逸了。

我們雖然沒有追到那部ＢＭＷ車，不過卻記下了車牌號碼。根據他的推測，車主要不是在附近工作，就是住在附近。那時候的急診室沒有現在這麼忙碌，每天中午、晚上吃飯時間，他都會配上呼叫器，騎著我的摩托車，到處去找那部ＢＭＷ車。他通常沒有跑很遠，急診室只要一call他，五到十分鐘之內，他一定會趕回來。有時候他不值班，只要我在急診室，他也會借我的摩托車，騎著到處去找。

「喂，你這樣未免太不划算了吧，」我問他：「其實你只要用這些時間多值一個班，光是加班費付你車燈的錢都綽綽有餘了。」

「這是兩回事，」他白了我一眼，彷彿我問的是天下最白癡的問題似的，「你懂不懂？」

我真的很佩服他的耐心跟毅力。就在我幾乎都快要忘記這件事的一個下午，過了差不多一個多月吧，他忽然把摩托車直接騎到了急診室的門口，走過來拍拍我的肩膀，把我叫到一邊，掩不住滿臉的興奮說：

「我找到那部車了。」

「既然找到了，你還回來幹什麼？」

「找傢伙啊！」他開始在急診室翻箱倒櫃，還跑來問我：「你有沒有用過的手術刀片？」

「你要手術刀片幹什麼？」

「割輪胎啊。」

我想都不想就找了兩片未拆封的新刀片丟給他。

沒想到他在我的頭上用力拍了一下。「我說要用過的手術刀片，」他表情不悅地說：「你在幹什麼？」

「新刀片不是更銳利嗎？」我問。

「銳利你個頭，你這樣拿醫院的東西就是小偷，小偷是非法的你知不知道？」

「你都要去割人家的輪胎了，你還在跟我計較這樣合法不合法？」

「這是兩回事，」結果他又白了我一眼，「你到底懂不懂？」

直到又處理了一個需要擴創及另一個需要取出子彈的病人，多出二片廢棄刀片之後，我們才展開行動。我們到達時BMW車還在，刀片雖然已經用過，但還是很順手，我們只消從側面輕輕劃過一圈，再厲害的輪胎都得當場報廢。一共只有四個輪胎，那並沒有花我們太多時間，我印象中好像聽到屋子裡狗叫的聲音，然後是屋子前門燈打開之類的事，可是我根本沒有心情回頭細看，只記得跳上摩托車，加緊了油門就跑。

這已經是很久以前的往事了。你可以想像我在報紙上看到他的名字時，一點也不覺得意外的感覺。

我還很清楚地記得，當我們回到急診室時，之前擴創以及取彈的兩個病人已經準備出院了。他們跑來向我們道謝，眼神充滿了感激。

那樣的眼神讓我們覺得很鼓舞，彷彿我們真的用了那兩把刀片，做出了全世界最偉大的事情似的。

打賭

這是一個神經內科醫師告訴我的故事。

我當住院醫師的時候，有一次加護病房住進來一個病危的中風病人。我的主治醫師漫不經心地看了看病歷資料，就大膽斷言這個病人活不過三天。我當時年輕氣盛，聽了很不服氣，就挑戰他：

「要是病人活過三天呢？」

於是我們兩個人開始打賭。我們約定：萬一病人在三天之內死了，我就輸給主治醫師半個月的薪水。要是病人活過了三天，主治醫師同樣輸我半個月的薪水。我的主治醫師半個月的薪水自然比我高很多，不過一來他經驗豐富，二來他當時自信滿滿，因此我們兩個人都覺得這是個公平的賭注。

為了贏得賭注，我使用了強力的降腦壓藥物、強心劑，甚至大劑量的類固醇。一忙完其他病人，我立刻跑去照顧老先生。在我全心全意的照護下，病人的情況大有進展。我精神大振，到了第三天晚上，甚至徹夜守候在病床旁邊。等到第四天早晨主治醫師來迴診時，我其實已經睡眼惺忪了，可是病人心臟還在跳動。我微笑著看著他，我知道我贏了。

病人不但平安度過了三天，情況還愈來愈好。到了第七天，除了沒有甦醒的跡象外，病人的腦壓已經降下來，心臟血管也漸趨穩定。我告訴家屬，病人脫離了險境，但我沒有把握病人能不能夠醒過來。我的印象很深刻，家屬聽了我的說明之後，臉上泛起了一種很奇怪的表情，說不上來那是失望或者是什麼。

我本來還保持著一種治療成功的得意，不過兩個禮拜之後，病人一直沒有甦醒過來，必須靠著呼吸器維持生命時，我開始不再那麼得意洋洋了。有一次吃完中飯經過等候室時，我聽見了病人兒子對著另一個兒子抱怨說：

「本來爸爸過世也就算了，現在變成這樣每天靠點滴、機器維持生命，光是醫藥費自付額一天好幾千元，一個月下來就一、二十萬元。」他嘆了一口氣說：「你要是不付錢，人家說你不孝，問題是錢花再多人也不會好。從前的人說死就死了，至少喪禮還有錢辦得風風光光的，哪像現在發明這麼多科技，弄得人不死不活的，唉，真不曉得這樣下去還要拖多久？」

漸漸，等候室的家屬不見了，他們甚至對醫院發出的病危通知愛理不理的。有一次，病人的病情在半夜突然惡化，我們展開急救，並且通知家屬。好不容易終於把病人救回來，沒想姍姍來遲的家屬不但不感激，反而把我叫到一旁。

「醫生，這樣三更半夜的，」他臉上充滿著不愉快的表情，「如果不是人真的要死了，下一次可不可以不要這樣叫我們來？」

那實在是很令人挫折的經驗。那之後，每走過病床看見病人孤零零躺在那裡，我就有一種說不上來的愧疚感。有一次我在病床前坐了半個多小時，聽著呼吸器的單調的聲音，我開始懷疑，會不會是我做錯了呢？

老先生又多活了快兩個月。他過世那天正好是醫院發放薪水的日子，主治醫師依約拿來了半個月的薪水。我把那些錢，連同自己半個月的薪水都捐給了專門照顧植物人的基金會。

從那一次開始，我就發誓絕不在病人身上打賭了。

兩個開業醫

這是另一個醫生朋友告訴我的故事。

有一次，我正好有機會到南部開會，順道去拜訪兩個開業的同學。兩個人在學生時代都是我的好朋友，成績非常優秀，一直是競爭對手。幾年前，因緣際會，他們不約而同離開了教學醫院，開始經營自己的診所。我去找他們，一方面敘舊，另一方面，也很好奇他們這麼優秀的人，經營診所的成績。

我去拜訪第一個同學時正好是中午，他的病人很多，我一直等到快一點鐘門診結束才一起去吃中飯。

「哎，」他感嘆著：「全民健保之後，這一行愈來愈不好做。」

「我看你病人很多啊！」我說。

他嘆了一口氣，舉出許多電機系的同學的例子，告訴我過去誰成績不怎麼樣，現在賺了多少錢的故事。「哎，我現在的目標不大，」他比了一根食指，「一個月只要這樣就好了。」

「一百萬？」我說：「跟我們在教學醫院領薪水的人比，好太多了啦。」

他搖搖頭，一副你不能理解的表情，說我們在教學醫院不用自己擔心成本多麼幸福，又從健保給付刪減開始，到醫療糾紛愈來愈多，什麼競爭愈來愈激烈，他都不敢休息，生怕病人跑掉……抱怨連連。我們兩個人就這樣吃到快兩點鐘，他看了看手錶，匆匆忙忙起身付帳，說要趕回診所看門診去了。

離開第一個同學，到達第二個同學診所時已經四點多了。他一見到我來，立刻拉下診所大門，和我一起去喝下午茶。

「這樣不好吧，」我說：「會不會影響診所的業績？」

他笑了起來，對我比畫著九根手指頭說：「這是我最新的目標。」

「九十萬啊？」

「不是業績，」他說：「是九十桿啦。」

咦，打高爾夫球？我可好奇了。

他告訴我，當初自己開業時，當然也想賺大錢。那時剛結婚，很不幸第一個孩子就早產，必須養在保溫箱裡頭，連小兒科醫師也沒有把握能不能活下來。當年全民健保還沒有實施，保溫箱以及許多醫療費都必須自行給付，一個月下來就要花費好幾十萬元。

「一開業就碰到這種灰頭土臉的事，我當然很不甘心，可是孩子就在保溫箱裡面，什麼業績都顧不了了，我和太太只好輪流看診所，一天到晚往醫院跑。」他說：「那時候什麼事情都得自己來。說也奇怪，有一天，我給小孩餵奶時，忽然想，或許這樣也好吧。要不是孩子生病，一定還忙著事業吧，怎麼會有這麼多時間陪他呢？小孩在保溫箱住了四個多月後出院了。出院後看著小孩一天一天成長，經營診所的心態漸漸不太一樣了。」他笑了笑，「我們這種小診所，病人來了，我就開開心心地把他們看好。要是病人不來，到別的地方看診，我也很開心。好好的生活還是最重要的吧？我沒有什麼野心，逢節必休，今年過年我就休息了一個月出國去……」

我們就這樣聊到了晚餐時間，又打電話去問第一位同學，要不要一起出來吃晚餐。結果仍然是一貫的忙碌、抱怨分身乏術、抱歉。

「他大概心裡害怕，覺得自己不夠有錢吧。」第二位同學笑著說。

我們只好兩個人去吃晚餐。吃到一半，同學的太太帶著孩子也來了，我們熱熱鬧鬧地又聊了更多有趣的事。直到晚上九點多，同學開車送我到飛機場搭最後一班北上飛機，才結束了這趟有趣的南方之旅。

氣功大師

這回說故事的是個精神科醫師。大家都以為他們治病的方法不外諮商或者開藥，其實不然……

我是透過病人的介紹接觸到氣功大師的。正好我自己對氣功也很好奇，於是利用轉職期間的長假，跑到大陸去向大師學氣功。

我一共花了整整兩天，才來到大師門下。第一天大師只指派了一個弟子，安頓我的住宿，並且指導我靜坐。直到第二天早上，我才見到師父。

師父的房間不大，他就坐在蒲團上。奇怪的是，雖然我和師父素不相識，可是不知道為什麼，一見到他，我不由自主地跪了下來。一種巨大而莫名的情緒忽然牢牢將我攫住，讓我淚流滿面。師父還沒開始說話，我就死命地磕頭，直到前額都流血了，我還在磕。我一點也不曉得為什麼會這樣。

師父好像預知這一切似的。他沒說什麼，只問了我一些生活起居的細節，並且叫人拿來一塊小小的狗皮膏藥，在燈下熱了之後，親自為我敷藥。

我是一個精神科醫師，老實說，我被自己的行為嚇了一跳。那是我深層的無意識狀態嗎？或者所謂的氣功是一種超越我所能理解的神秘力？那天晚上我輾轉反側，根本無法成眠。

每天我們都有一些氣功的課程。山裡面很幽靜，空氣也非常新鮮。練習了一個禮拜，什麼感覺也沒有，我又開始懷疑了。我心想，如果氣功真是什麼神秘力的話，我應該感受得到的，為什麼一點感覺也沒有？正想著，忽然聽見師父就在我身旁，他說：「專注，懂嗎？別分析，也不要思考。」

我嚇了一大跳，我好好地在那裡靜坐，他怎麼知道我在分析、思考呢？總之，這是一套和我所有科學訓練完全不同的東西。雖然我半信半疑，不過既來之則安之，我繼續往下學。到了第九天打坐時，忽然覺得通體舒暢，全身開始亂動，無法抑遏。我慌張地跑去問師父。

「那是氣動，」師父說：「很正常，不要理它就好了。」

到了第十二天，我又從蒲團上跳起來，在空中停留了一會兒，掉下來，隨即又彈跳起來。我一直跳了上百下才停下來，奇怪的是一點也不覺得累。

「是不是氣功一定會這樣？」我又跑去問師父。

「那只是假象。」他搖搖頭說。

類似的「假象」後來又發生了好幾次，不過我不再那麼慌張了。就這樣，練了二十五天，師父把我叫去，說我學得差不多，可以離開了。

「我本來打算待一個月的……」我說。

師父沒說什麼，只是把我額上的膏藥撕下來。他仔細地端詳半天說：

「下次有更長的假期，歡迎你再回來。」

「可是，我不懂，我到底學會了什麼？」

「你來學氣功的，不是嗎？」

「可是，」我不解地又問：「氣功是什麼？」

「氣功本來就什麼都不是。」

什麼都不是？我回到了台北。照鏡子時，我發現額頭傷口的位置新生著一塊淡淺色的皮膚，像個戳記。似乎這個戳記就是唯一看得到的改變了。

隔幾天我到新醫院報到，才走進病房，立刻有個病人用著驚懾的表情指著我額頭的戳記說：「啊，師父，你終於出現了。」他激動地跪下來並且磕頭，「我就知道你一定會來救我脫離苦海……」

根據經驗，那是典型的躁症病人發作的症狀。我突發奇想，何不試看看我新學的氣功。於是我有模有樣地在他身上比畫、發功，之後我大喝一聲，嚇！很神奇地，病人立刻站起來，他拱手敬禮說：「感謝師父，弟子已經復原了。」

我知道這樣說是很不可思議，可是這個病人隔天辦理出院了，有將近三年多的時間沒再發病。

雖然到現在我仍不知道我到底對他做了什麼。

せんせい

這回是個麻醉醫師說故事。

我還是第一年住院醫師的第一個月，就被派去せんせい的手術房做麻醉。

せんせい（sensei）是從日本時代沿襲至今的稱呼，翻譯成中文就是老師的意思。受過日本教育的せんせい身上多半有種「一日為師，終身為父」的家族長權威性格。更糟糕的是，我這位外科せんせい的壞脾氣是出了名，手術不順心時，動輒摔器械、把護士罵哭、趕沒經驗的醫師出開刀房……要不是抽籤抽中，說實在的，我還真不願意菜鳥上戰場就碰到せんせい。

我在せんせい的開刀房戰戰兢兢地度過了前三天，沒發生什麼事。第三天下班前，麻醉科主任把我找去，丟給我一篇文章，說是報紙邀請せんせい寫時論，他自己花了一天動手寫的，要我幫忙修改。

「你也知道，他們從前學的是日文，中文不是很通順，」主任說：「我知道你以前在學校編過校刊……」

那是一篇一千多字左右的文章。我拿回家一看，天哪，せんせい的作文還真不是普通的不通順。我立刻打了電話給麻醉科主任表明這個情況。

「你希望我真的動手大改，」我擔心地說：「還是稍微修改，意思意思就好？」

「該怎麼改你就怎麼改，」麻醉科主任拍胸脯保證，「せんせい那個人，有事我負責。」

我揣摩文章的意思，幾乎是重新改寫。隔天主任看了我修改後的文章，皺了皺眉頭，什麼都沒說，只叫我親自把文章送去給せんせい。看著老闆皺眉頭的樣子，我直覺不妙，可是他又一副不肯收拾善後的模樣，我只好硬著頭皮去敲せんせい的辦公室大門。

「進來。」

我進到辦公室時せんせい正坐在辦公椅上，兩條腿長長地靠在桌子上，看都不看我一眼。

「せんせい，」我畢恭畢敬地說：「你那篇稿子我已經修改好了。」

他一聽到是稿子的事情，立刻把腿放下來，從辦公桌後面站了起來，走過來接過我手上的稿子。

「是你修改的？」他問。

「是。」我站在辦公室中央，很擔心接下來不曉得會發生什麼事。

他抓著頭，一邊看著稿子，一邊喊助理。喊不到助理之後，他把稿子放在辦公桌上，急急忙忙地翻箱倒櫃，不知忙些什麼。

「真糟糕，」他邊找邊說：「到底茶葉收在什麼地方？」

我本來以為せんせい看稿子的時候習慣喝茶，沒想到茶是特地為我泡的。更誇張的是，泡好茶之後，他竟然要我坐在他的辦公椅上。這真的讓我嚇了一大跳。我一再推辭，他卻說：

「現在你是せんせい。」

我違拗不過他，只好坐了下來，一一說明修改的理由。從頭到尾，せんせ

い都站著，像個小學生一樣，對我的說明一一點頭領受。最後他送我出辦公室時，還鞠了一個九十度的大躬。

「謝謝。」他說。

後來せんせい每次看到我都會主動跟我打招呼，我也順利平安地度過了那一個月。我離開了せんせい的開刀房以後，有一次他又發飆了。有個人就把我這個小醫師請了進去。很神奇地，一看到我之後，せんせい竟然不再發飆，安靜下來默默地開刀。

我本來只是以為我的運氣好，後來同樣的情況又發生過好幾次，我感受到せんせい沉默裡更深刻的意思，就開始不再這麼想了。

失語症

這是一個實習醫生告訴我的故事。

那是神經內科的晨會。推著輪椅以及病人進入討論室的我的總醫師蔣醫師，經過我面前時，他還特別瞪了我一眼。

經過一個晚上之後，我可有一點後悔了，昨天忘年會上我實在不該逞強的。蔣醫師纏著班上女實習醫師那是他自己厚臉皮，我實在犯不著耍什麼英雄救美，搞得大家都下不了台。

接著蔣醫師站上了講台，調整了麥克風。他說：

「今天要報告的是Wernicke's失語症。這是一種少見的疾病，病人由於腦部受損，導致聽覺與言語中樞的聯繫中斷。這樣的患者雖然聽覺正常，聽到了每一個字，但他自己卻無法解譯（decoding）或明白句子的意義。」

病人就坐在麥克風旁邊，神情緊張地看著所有穿著白袍的醫師。

「由於無法理解對方話中的意義，病人為了維持正常生活需要，往往會根據對方表面上的表情與動作做出反應。」蔣醫師轉向坐在一旁的病人，又回頭看了看大家，「現在我們來看看病人，」

「趙先生，」蔣醫師堆出笑容，客氣地說：「我說，你是白癡，對不對？」

病人有些迷惑，但他仍試圖作出適當的反應。他說：「對。」

大小醫師們笑了出來。看得出來病人有點不知所措。

「你看，你是笨蛋，」總醫師翹起大拇指，對病人說：「大家都很高興。」

「謝謝。」病人看見了大拇指。

「大家看到你這麼笨的，都很開心。」蔣醫師指大家，又指他自己。

「謝謝蔣醫師。」

蔣醫師點點頭，意氣風發地對大家說：「這種病人無論你怎麼說他是白癡、笨蛋，他全不瞭解其中的意義，只會根據你的表情和動作回答：對，謝謝，謝謝蔣醫師照顧……」

我的同學附到我耳邊悄悄地說：「這很低級。」

我雖然也覺得低級，可是我沒有太多心情抱怨。經過昨天晚上的事情之後，我有種預感，我一定會被修理。正想著，果然口沫橫飛的蔣醫師停了下來。

「章醫師，」他把我叫了起來，「你說說看，失語症有什麼分類、檢查方式？」

失語症？我站了起來，一句話都說不出來。

「你也得了失語症？怎麼一問三不知呢？」蔣醫師停了一下，笑著說：「你們昨天忘年會不是這樣的哦。」

我低下了頭。

「我在問你話呢！」他說：「你們很會玩嘛，對不對？」

（「我說，你是白癡，對不對？」「對。」）

「對。」我低下了頭。

他不動聲色地拿出寫著失語症的教科書，「這本書拿回去讀，明天早上向大家報告失語症。」我伸手過去拿書，他又縮了回去，伸出了大拇指。

「噫？有人好心把書借給你，你要對人家說什麼呢？」

儘管已經有人笑了出來，我還是不得不忍氣吞聲地說：「謝謝。」

（「你看，你是笨蛋，大家都很高興。」「謝謝。」）

接過書，正轉身要離開，又被蔣醫師叫住了。

「我這麼照顧你，只把書借給你，」他意猶未盡地指大家，又指他自己，「你該謝謝誰？」我遲疑了一下。笑出來的人愈來愈多。

我知道他想逼我說出和失語症病人一模一樣的話：「謝謝蔣醫師。」可是我就是說不出來。我走了幾步，終於再也忍無可忍，回過頭給他就是一拳。

事情鬧得滿城風雨。事後我一再告訴懲戒委員，蔣醫師說的話羞辱了病人也羞辱了我。儘管委員們全聽到了那些對話，可是沒有人明瞭對話中真正的意義，整個體系全像得了失語症似的，只根據事件中我們的表情和動作做出反應。

我就這樣被學校記了一支大過。

life

歐遊雜記

朱自清曾寫過膾炙人口的歐遊雜記。不過以下這篇是一個老太太說的。

我記得我和我先生第一次出國就參加旅行團。有一個早上旅行團沒有安排行程，我告訴我先生說好不容易到了歐洲，待在飯店太浪費了，我們一定要安排一些行程。我先生被我吵得沒有辦法，只好硬著頭皮到飯店的櫃台去看看。沒退休前我先生在家裡每天都收聽英文教學廣播，我以為他的程度多厲害，沒想到一到櫃台根本一竅不通。最後我們只好隨便挑選了最便宜，有巴士來飯店接送的行程。我記得櫃台的人一邊收錢一邊嘰哩咕嚕地跟我先生在比手畫腳些什麼，我先生只會猛點頭，回頭告訴我：

「管他的，去了再說。」

巴士把我們送到目的地，交代接送的時間之後就離開了。一下車我只看見一座覆蓋著白雪的山頭，還有纜車來來去去，反正跟簡介上的照片都不一樣就對了。

「大概因為是冬天吧，」我先生抓了抓頭說：「跟著人群走就對了。」

穿越遊客中心到了纜車入口，我們才發現原來所有的人都要坐纜車上山。排了將近二十分鐘，等到快輪到我們上纜車時，我忽然感到尿急，想上廁所。我先生不耐煩地說：「妳什麼時候不尿急，快排到了妳才尿急？」

我沒好氣地說：「我又不是故意的。」

「上頭一定有廁所，」他用鄙視的表情說：「可不可以稍忍耐一下？」

想起來我根本不應該聽他的話的。等我們搭纜車到了山頭才發現山上根本沒有廁所，這裡是給人滑雪的地方，大部分的人都是直接滑下山去的，我們當場決定立刻下山。不幸的是，下山纜車入口也擠滿排隊的人潮。我氣得開始和他大吵特吵。

最後我先生帶我到一個偏僻角落，讓我背向山坡，他就站在前面替我把風。老實說，要不是憋得受不了了，我實在很不願意這樣。我拉下褲子開始方便，一陣刺骨的冷風吹過來，正要大叫時，忽然一個重心不穩，人往後栽，一屁股插進雪地，身體開始往山下滑行。我倒退的速度愈來愈快，好幾次幾乎撞到滑雪的人，可是我一點都無法控制，我一路尖叫，還沒到山下，早嚇昏過去了。

等我醒來時，直升機已經來了。臨上飛機前我一直嚷著：「我先生，還在上面排隊坐纜車。」糟糕的是根本沒有人聽得懂我在說什麼。

到了醫院，醫生幫我屁股塗藥包紮之後，把我送回觀察室。我就這樣趴在病床上等候我先生。我的屁股大概凍壞了，更糟糕的是這裡人生地不熟，言語不通的，我慌亂得連叫痛的心情都沒有。正在徬徨無助時，隔壁床送來一個病人，我一聽他「哎喲哎喲」地叫就知道他會說中文。果然一問，他正是台灣來的遊客。

「你怎麼了？」我心想，總算有個對象可以說話了。

「骨折。」

「怎麼骨折了？」我問。

「說來妳一定不信，剛剛滑雪時，看到有人光著屁股，用屁股倒退著滑雪，一邊滑下山還一邊大叫，這些歐洲人實在夠誇張了。我看得入神，一個不小心就跌成了這樣……」他停了一下，問我：「妳呢，怎麼會躺在這裡？」

我？就在我啞口無言時，我先生終於趕到了。

看到他時我真的是百感交集，眼淚都快流出來了。不過他顯然以為歐洲沒人聽得懂中文，一衝進急診室就氣急敗壞地對我嚷著：

「我叫妳蹲在那裡小便，可沒叫妳用屁股當雪橇，表演特技滑下山去！」

見鬼

有一次大家興致來了，關起燈來講鬼故事。這個故事是我朋友的朋友講的。

因為工作的關係，我常得深夜開車從北宜公路回宜蘭。偏偏北宜公路是出了名鬧鬼的地方，特別是夜晚行經九彎十八拐，一路有人丟撒冥紙，那氣氛，活生生就是陰間地府的感覺。

那陣子，台灣從南到北都有鬧鬼的傳聞。有人說那是中共的陰謀，也有人堅持真的有鬼。我本來就是個膽小的人，聽多了鬧鬼的故事，三更半夜開車在北宜公路，更是提心吊膽。我很擔心路上忽然有什麼跑出來，或者引擎忽然停了下來。我曾試著開大收音機音量壯膽，可是山區經常收訊不良，那些若無似有的雜音更是教人不舒服。自從聽說鬼魂的聲音會從收音機裡面跑出來以後，我更是不敢打開收音機了……總之，我不但沒有因為夜路走多了而變得習慣，反而愈來愈過敏，我的潛意識似乎堅信終有一天我會碰到鬼。

事情發生的那個深夜，我仍然是一個人開車。我記得汽車經過了一個小村落，那個小村落雖然有幾戶人家，卻沒有人開燈。經過村落之後，我只覺得氣氛很詭異，果然沒多久，我就看見前方有個穿著白衣服的女孩子，對著我的汽車招手。說真的，我的心臟差點從嘴巴跳了出來。

當時我的心情很複雜，我不知不覺放慢了車速。一方面我懷疑自己是不是看走了眼，另一方面我也提防著萬一她撲過來或是突然做出什麼動作。那天霧氣特別重，我開著遠光燈，靠近時才發現那是一個留著長頭髮的女孩，風吹得她的頭髮漫天飄揚。我愈想愈覺得不對勁，正想踩足油門全速逃離時，才發現那個女孩手上還抱著一個嬰兒。

這可讓我內心掙扎不已。我心想，三更半夜的，萬一真的是個有急事需要搭便車的媽媽，那可怎麼辦才好？就在汽車駛過那個女人不到十公尺左右，我終於違拗不過良心的驅使，強迫自己踩了煞車。

車燈照著前方，車後烏漆抹黑的，什麼都看不到。我只聽到了那個女人從汽車後方跑過來，然後是車門打開的聲音，一陣涼風竄了進來，之後車門又關上了，於是我再度啟動汽車。我根本不敢回頭，死命地往前開，不知道為什麼，從頭到尾，那個女人沒有跟我說過一句話。我試著和她交談，她也不回答，只聽見車後那個嬰兒熟睡磨牙的聲音。或許是想起了目蓮從地獄救母時不能回頭的故事，我全身毛骨悚然，從後照鏡看過去，漆黑一片，後座什麼都沒有。我只記得當時拚命踩油門，汽車愈開愈快。

等天色稍亮，汽車終於繞出山區，我才有勇氣回頭。這一看不得了，車後座根本沒有女人，只剩下一個熟睡的嬰兒。我全身發毛，急忙把車開到警察局報案，並把小孩交給警察。

整個早上我都無心上班。山裡面那個女人到底是誰？是一個死去的媽媽？或者是一個懷了孕的殉情女人？她的背後是一個淒涼的愛情故事嗎？……我幾乎想像了所有可能的版本。直到中午休息時間，我再也忍不住了，撥了電話到警察局去關切。

沒想到，我才說明來意，警察劈頭就是一陣大罵：

「你搞什麼鬼啊，人家媽媽把小孩放你車上，回頭去拿行李，你看都不看，開了車就跑，害得那個媽媽急得到處找小孩，哭腫了眼睛。」

內急

這是一個做生意的朋友說的故事。

有一次，我因為內急，把汽車從高速公路開到休息站去。

我衝進男廁所，打開第一扇門，沒想到裡面已經有人了，我連忙道歉，趕快去敲第二扇門，等確定真的沒人之後，才走了進去。

我一坐在馬桶上，就聽見隔壁那個人說話了。

「兄弟，你最近在忙什麼？」

我最近在忙什麼？我愣了一下。或許剛剛失禮在先，覺得不回應人家好像不好意思吧，於是我說：

「沒忙什麼。本來要回台北，剛好內急進來上廁所。」

一說完，他立刻又問：「最近景氣如何？」

我皺了皺眉頭說：「馬馬虎虎啦，最近大家都不景氣……」

才說到一半，就聽見隔壁沖水聲，然後是破口大罵的聲音：

「媽的，兄弟，我要掛電話了，今天真倒楣，碰到一個變態的神經病，先是我上廁所要衝進來，現在我在廁所講電話，我說一句，他在隔壁應一句……」

酒測

我有個朋友既認真又容易緊張，很多人誤以為他很酷，其實很多時候他只是極力壓抑而已。因此當他一本正經地講著這個故事時，從頭到尾我都忍不住想笑。

我向來是開車不喝酒，喝酒不開車的。不過那天和客戶吃飯，在盛情難卻的情況下，喝了一杯高粱酒以及一杯啤酒。我的酒量向來算是不錯的，高粱酒起碼喝上半瓶沒問題，可是我很怕啤酒，只要一杯就醉了。果然一喝完啤酒，我立刻覺得不對勁了。更倒楣的是，開車從市民大道回家時又碰到了警察攔檢酒測。

我有點心虛，加速轉入右側巷內。沒想到轉進巷內之後，那裡還有另外一組交通警察等著。一個警員走過來，用冷漠而客氣的語調說：

「先生，你好，麻煩拿出行照和駕照。」

我搖下車窗，交出行照、駕照。

警察接過行照、駕照，一邊看，一邊把鼻子探入車窗內嗅來嗅去。

「先生，請問你有喝酒嗎？」

我想了一下，很大聲地說：「有。」

我不過是實話實說，可是警察用奇怪的表情看著我，彷彿這樣回答挑釁了他什麼似的。

「既然如此，」他說：「麻煩你下車做個酒測。」

「我喝了一杯高粱酒，」我說：「還有一杯啤酒。」

顯然他不相信我的說辭。我打開車門，走下車來，正往測試器的方向走去時，想起一個朋友告訴過我碰到酒測臨檢時的法律小常識。

「對不起，」我問：「你們可不可以等我二十分鐘？」

警察似乎有點不耐煩。他沒有說話，只是看了看錶。

我開始做深呼吸。做完之後又開始做擴胸運動，動動手，踢踢腳。警察全看著我。我也不知道這樣有沒有效，可是我的心情緊張得像個要考試的小學生一樣。

我問警察：「酒測的標準是多少？」

「零點二五。」他一臉標準的撲克牌表情。

有個被攔下來的駕駛用力一吹，零點一二，喜孜孜地把汽車開走了。另一個搖搖晃晃的駕駛一吹，零點三八，愁眉苦臉地被叫到一邊去開罰單。我愈看愈緊張，索性開始做健身操，然後是交互蹲跳，接著又在巷子裡面做折返跑。等我開始折返跑時，幾個員警全轉過頭來看我，瞪大了眼睛。我心裡想，豁出去了，反正。

二十分鐘之後，我乖乖走向負責測試的員警，拿起測試器，用力一吹……

才吹完，我就看到測試器上顯示著零點零零的結果。

警察一臉不相信的表情，查看了測試器半天，又對我說：「先生，麻煩你再試一次。」

於是我又做了幾個深呼吸，再用力一吹，仍然還是零點零零。

「怎麼樣？」我問。

警察很不友善地看著我。

「先生，」他說：「你一定是在跟警察開玩笑對不對？」

「我哪有跟你開玩笑？」我無辜地說：「是你問我有沒有喝酒的，我說有。」

「有喝酒怎麼會這樣？」他不悅地看著測試值。

「我真的喝了一杯高粱酒和一杯啤酒……」

他們又做了一次酒測，仍是零點零零，只好放我走。我轉身正打算開車脫離現場。不知道為什麼，聽見警察在身後又喊了一聲「先生」，我感到一陣腳軟，整個人昏倒到地上去了。

等我醒來時救護車已經到了。

「你怎麼了？」醫療人員拍拍我的臉。

「我喝了一杯高粱酒和一杯啤酒……」我迷迷糊糊地說。

醫療人員在我身上摸摸敲敲，又拿出聽診器聽了半天。

警察好像做錯什麼事一樣，小心翼翼地問：「他怎麼了？」

「大概喝醉了吧，」醫療人員放下聽診器說：「難道你們看不出來嗎？」

好人難當

有次我進到一個奇怪的網路聊天室，裡面有兩個人。這個故事是其中一個人說的。

「妳別管我了，」電話那頭寶琳已經哭了起來，她說：「這次我是認真的。」

寶琳又來了。她吃過安眠藥，也試圖跳過樓，每次我都在場。精神科醫師甚至把手機號碼給寶琳，要她一想到自殺，立刻打電話找他求救。偏偏寶琳每次想死，第一個就是找我。有一次我問她：「妳到底是真想死還是開玩笑？」

「真的啊。」

「想死幹嘛還找我？」

「我不知道啊，」她一臉無辜地說：「一想到我死了，還有人像妳這麼快樂地活著，心裡就不平衡。」

有這種朋友只能算我夠倒楣。不過罵歸罵，每次我還是急得要死。

「別掛電話，」我說：「我就在附近了。」我得先找地方停車。

「妳不用來了，」她重複著，「我這次是認真的。」

廢話，就是因為認真才得來啊，我心裡想。電話似乎傳來抽屜開關的聲音。

「那是什麼聲音？」我問。

「我在找美工刀……」美工刀？又是新花樣。

「喂，妳別激動。」我說。

「我從來沒有這麼平靜過。」抽屜開開關關的聲音停下來了。

接著是一陣沉默。「喂。」我說，可是沒有回答。過了不久，電話那頭傳來一聲寶琳的尖叫，「好痛……」她說。

「喂，」我大叫，「喂……」仍然沒有回答。

我顧不得一切，隨便並排停車把汽車丟在路邊，飛也似地衝上公寓三樓。大門很容易就推開了。寶琳拿著美工刀坐在廚房地板上，左手手腕二道明顯的傷口，地板到處是血。

「妳在幹什麼？」我試圖過去抓她的手，「妳不要激動……」

她阻止我。「妳沒看到我很平靜嗎……」說著她又開始割腕。

「別這樣，」我說：「刀子給我。」我試圖抓她的美工刀，但只抓到她的手，「給我。」我說，我們就這樣在空中抓來抓去，你搶我奪，忽然間一陣痛楚傳來。

「喔！」我大叫一聲，放開了手，「妳割到我了。」

看到我手上的血，寶琳安靜了下來。她說：「我好怕，妳陪我一起死，好不好？」窗外忽然響起刺耳的汽車喇叭聲，持續不停。

「別鬧了，」我動手搶她的美工刀，「刀子給我。」

她躲開我的手，把美工刀架在我的另一隻手腕上說：「陪我一起死，好不好？」她定定的看著我。我沒說話，沒想到她真的在我手上劃了一刀。

我大叫一聲，跳開來。血液流了出來。「妳瘋了，妳要殺我？我是來救妳的。」

「我沒有要妳救我，」她筆直地拿著刀，看著我，又看著自己的手腕，「我只求妳陪我一起死。」

我伸出手作勢要阻止她，她也把美工刀架在手腕上。我們就這樣無聲對峙著。到處是血。窗外又響起了碰撞以及汽車警報聲。寶琳趁我分神，又要割腕。我立刻衝過去抓她，可惜地上的血又濕又滑，我一個踉蹌跌倒，兩個人就這樣狼狽地在地板上扭打。我每伸手試圖阻止她，她就用美工刀在我手上劃傷口。「陪我一起死。」她說。

我很想逃開，可是又覺得不能見死不救。我被割得又痛又不舒服，最後再也受不了了，對著寶琳的臉就是一巴掌。寶琳露出不解的眼神，又要來割我，可是我繼續打她，甚至抓著寶琳的頭去撞櫥櫃，直到她昏迷過去為止。警報聲一直響著。到處是血，根本分不清是寶琳還是我的。我掙扎著起身望向窗外，被擋在內側的汽車車門大開，一個司機正拿著枴杖鎖，一捶一捶地敲碎我的汽車玻璃……

夠了，真是夠了。我不過想當個好人而已。

我探出窗口，用盡力氣對著司機大嚷：「你到底夠了沒有？」

他抬起頭，或許看到我全身是血的鬼樣子，終於敬畏地停了下來。

明天再煩惱吧

說故事的是一個朋友，剛過四十五歲生日。

我是個已婚男人，近視眼。

是這樣的，那天我睡著了，之後經歷了一些事情，不曉得為什麼，有人開始追殺我……忽然，尿意變得非常急迫。我惺忪地抓起了床頭櫃上的眼鏡，戴在臉上。我半夢半醒地走到廁所，打開電燈，這才發現，糟糕，眼前一片模糊。

無論我如何用力看，眼前的馬桶就是看不清楚了。我焦慮起來，告訴自己一定是視網膜剝離，或者什麼眼球血管栓塞之類的災難，我得馬上醒來，趕去醫院的急診室處理。可是不知道為什麼，我就是醒不過來。迷迷糊糊地想著時，原先夢裡追殺我的人似乎跨過夢的邊界追殺過來了……

正不知所措時，心裡一個聲音安慰我說：「夢就只是夢，不會怎樣的。」

另外一個聲音說：「可是眼睛瞎了可不是開玩笑的事情啊。」

「別擔心了啦，夢裡的人怎麼可能跑到廁所追殺你？事實很明顯，從廁所、馬桶，到眼睛的問題一定都是夢……」

我又忙又睏，一下子得逃避追殺的人，一下子得擔心我的眼睛，還得對付這些毫無邏輯，甚至是完全相反的對話與思路，根本應接不暇。最後，我再也受不了了，想起了《亂世佳人》裡面的郝思嘉。

「算了，」她說：「明天再煩惱吧……」

於是我也跟著理直氣壯地大喊：「算了，明天再煩惱吧。」

我不太記得後來的事了，只覺得自己似乎變得很安心，走回了床上……等我再睜開眼睛已是隔天早晨了。我躺在床上，陽光亮晃晃的，追殺我的人全消失無蹤了。我有點愣住了。昨天晚上的一切是那麼地逼真……接著，我想起眼睛。說時遲那時快，我立刻抓起床頭櫃的眼鏡戴在鼻梁上。我抱著必死的決心放眼一看——不可思議的是，我竟看得清清楚楚。

忽然間，一覺醒來，所有的問題全都解決了？

到底發生了什麼事？我現在在作夢嗎？或者昨天半夜的廁所才是夢？

慢慢，我注意到我太太，而不是郝思嘉，就在鄰床睡著。我一下被拉回了現實。接著我又看到我的枕頭旁躺著一支樣式差不多的眼鏡。我好奇地拿下鼻梁上的眼鏡，試著戴上枕頭旁的那支。

現在我總算完全清醒過來。

沒錯，那是我太太的眼鏡——昨夜上廁所時我抓錯的那一支。

love & sex

我用全部的生命愛妳

有一天一個朋友忽然問我：「你是個麻醉醫師對不對？」

我點點頭。「怎麼了？」

「最近有件事，一直困擾我……」他說：「不瞞你說，我陷入熱戀了，跟一個漂亮的麻醉護士，我很愛她，她也很愛我。」

「那很好啊。」

「問題是我太愛她，她也太愛我了。」

「我看不出那有什麼問題。」

「唉，你不知道。」他嘆了一口氣，「前一陣子她過生日那天，她忽然問我：『你有多愛我？』我回答：『我用全部的生命愛妳。』她問我：『既然如此，你願不願意把生命交給我？』我毫不猶豫地點點頭說：『我發誓。我永遠愛妳，永遠都不會背叛妳。』」

我哈哈大笑說：「你該換些新台詞了。」

「我沒想到她從抽屜拿出一瓶藥劑，並且用塑膠針筒抽藥。我嚇了一跳，問她：『妳要幹什麼？』她說：『你不是說願意把生命交給我？我想知道你說的話算不算數？』我問：『那是什麼？』她笑著說：『既然你說生命都可以交給我，就不用多問了。』我問：『打了藥我會死掉嗎？』她說：『不會。』我又問：『會有什麼後遺症嗎？』她笑著說：『我只要試試你是不是真的願意把生命交給我。怎麼樣？』我很猶豫，可是看她那麼認真的表情，我知道她不是開玩笑的。那實在很荒謬，可是我實在太愛她了，我相信她總不至於對我怎樣吧，於是我咬緊牙關伸出了手臂。」

「結果呢？」

「注射後她讓我平躺在床上，不到幾分鐘，我就開始全身無力，呼吸困難，而且愈來愈無力，奇怪的是我人還很清醒，我很緊張，想要大叫，卻叫不出來……」

「去極化肌肉鬆弛劑！」我脫口而出。

「真的有這種藥嗎？」我點點頭。朋友眼睛亮了起來，「她要我放輕鬆，叫我把生命交給她。本來我以為她在吻我，後來我才知道她一下一下地對我做人工呼吸。」

我搖著頭。「這實在太詭異了。」

「她就這樣規律地為我做人工呼吸，在我耳邊溫柔地說：『別擔心，只要你願意為我付出生命，我也願意為你付出生命。我願意為你活著，我的每一個呼吸，每一個吻，每一分、每一秒的生命都為了你活著。』就這樣，持續了十幾分鐘，我很難形容那種感受。既刺激又害怕，直到我覺得自己已經快死掉了，大概經過了二、三十分鐘吧，才漸漸恢復了呼吸……」

「新型的短效性的去極化肌肉鬆弛劑。」我說。

「之後她第一次和我做愛。事後她對我說：『我要的愛是超乎生命、最純粹、最沒有雜質的……』她要我這輩子永遠都不能背叛她，也不可以離開她，否則她絕對不會原諒我。」

「什麼意思她絕對不會原諒你？」

「我也嚇了一跳，開始想：這樣繼續下去，萬一將來我們之間發生什麼不愉快，她會不會忽然給我來這麼一針……我問她，她只是冷冷地笑了笑。我說：『那是殺人！』她說：『那不是殺人，你只是忽然窒息了，來不及送醫急救，死了。』我說：『難道警方查不出來嗎？』她說：『新型的藥物你死的時候早就代謝完了，根本沒有證據的。』」

「Hoffman代謝途徑。」我點點頭表示同意。

「我說：『妳是在威脅我？』她頑皮地說：『哎呀，你永遠愛我，永遠都不會背叛我的，你不是發誓過，難道你自己不相信嗎？』」

「你怎麼說？」

「我當然說相信，可是心裡總覺得毛毛的，所以啦，我真的很困擾，」他皺著眉頭說：「問題就是她太愛我，我也太愛她了。你說現在我該怎麼辦？」

蟑螂

不知道為什麼，大部分女孩看到蟑螂都會尖叫。告訴我這個故事的女孩也是。她三十歲左右，目前單身。

我二十四歲的時候，曾和一個四十二歲的男人談戀愛。他是一家證券公司的經理，我們利用中午一起吃飯。四十多歲的男人讓人覺得很舒服，他們身上似乎多出一種成熟、自信。

這段戀情進展得很快，不到三個月，我們幾乎發展出超友誼的關係。那天是在我住宿的地方，我碰到年休，他正好早上拜訪客戶結束不用回公司。我們一起吃完午餐之後就回到我那裡去。後來事情很自然地就進展成了那樣。我問他有沒有保險套，他說有。於是我先去沖澡。

等我從浴室走出來時，他已經光著身體躲到棉被裡面去了。我一跳進棉被裡面，他就開始脫我的內衣。就在那時候，我看到一隻大蟑螂爬上了我的棉被。

「蟑螂！」我立刻大叫，緊張地從床上跳起來。

蟑螂慌張得到處亂竄，我也驚嚇得尖叫，躲在角落直跺腳。他看起來有點無奈，從床上爬起來，拿起拖鞋瞄準蟑螂，用力一拍把蟑螂打扁了。我看見他拎著蟑螂的觸角，走進浴室去，把蟑螂丟進馬桶裡，然後按下沖水把手。

我並不知道蟑螂沒有被沖掉。等我驚魂甫定地上完廁所，從馬桶上起身，看見馬桶裡那隻蟑螂還浮在水面上奮力游動，五臟六腑都已經跑出來了。我歇斯底里地衝到衣櫥間，拿出了噴霧殺蟲劑，對著馬桶猛噴。我差不多噴掉了整罐殺蟲劑，那隻蟑螂才總算不動。噴完蟑螂藥之後，我一點力氣都沒有了，只覺得全身都是蟑螂藥的味道。我什麼都顧不了，立刻衝進浴室，打開蓮蓬頭一直沖水……

他可能等得有點不耐煩了，在外面抽著菸。不久，他咬著香菸走進浴室來，喃喃不知說著些什麼。等我探頭出去，看見他一邊小便，順手把菸頭往馬桶一丟，接著馬桶冒出一陣大火……他的下體就是那樣灼傷的。我本來以為這已經夠倒楣了，沒想到那才只是開始而已。後來一一九的人來了，把他放上擔架，抬著他走下樓梯。他們問我怎麼回事，我才說完，抬擔架的人哈哈大笑，把他從擔架翻落，沿著樓梯跌下來，又造成了左腿骨折……更慘的是一到急診室，媒體記者立刻蜂擁而至，似乎大家對這場世紀大笑話都興致勃勃。

手術進行的三個多鐘頭間，我幾乎是懷抱著罪惡感度過的。不過他的災難並沒有結束。我記得他從恢復室被送回來時，電梯大門打開，就有個女人指名道姓要找他。

「什麼事？」我問。

「我看到了新聞報導。」

「妳是誰？」

「我是他太太。」

我嚇了一跳，他從沒跟我提過他有太太這回事。我忽然有被羞辱的感覺，從沒想過我竟莫名其妙變成了人家的第三者……我掉進自己的情緒裡，只聽見他太太碎碎唸的聲音愈來愈高，激動地大罵著：「你到底還有沒有良心？」

我轉身過去時，正好看到她拿起了點滴瓶，往他鼻梁用力一砸。

碰！他又再度被送進開刀房去了。

說真的，那聲音實在很振奮人心，我甚至差點要大笑出來。一整天，我經歷了內疚、自責、憤怒種種情緒，這時候我才恍然大悟，不是蟑螂，也不是我的尖叫，而是他自己招惹來了這些沒完沒了的災難。

我沒再跟那個人繼續交往。後來只要一想起他，我就想到那隻蟑螂浮在馬桶水面上掙扎的樣子。

那真是夠噁心的了。

見義勇為

我的朋友五十歲，離婚單身男性，是個有錢的生意人。有一次，我們一起在飯店的餐廳用餐，有個三十歲出頭，豔光四射的女孩走過來喊他。

「沒想到會在這裡遇見你。」

「啊，曼蒂！」朋友也認出她來。

「好久不見了。」曼蒂說。

朋友也笑著說：「快十年了吧！」

看著他們寒暄、交換名片，我忽然覺得曼蒂似曾相識。過一會兒我想起來了，原來在雜誌上看過她的照片。曼蒂是個模特兒，選美比賽出身，曾在台灣媒體活躍過一陣子，後來結婚就消失了。聽說她最近離婚了，從美國搬回來。

朋友為我和曼蒂互相介紹，曼蒂對我點點頭，我也對她點點頭。

「你知道她的事？」曼蒂走後，朋友問我。

「雜誌上看到的。」我好奇地問：「報導說她的前夫在美國搞房地產，好像很有錢的樣子。她這次離婚應該拿到不少錢。」

「我知道那傢伙，」朋友說：「曼蒂嫁他只是為了錢。」

「你怎麼認識曼蒂的？」

朋友笑了笑。

「十幾年前，大家流行吃飯時請模特兒來作陪，行情大概是一個人五千塊錢吧，輪到我請客自然也是這樣。那時候曼蒂剛出道當模特兒，我又常應酬請客，久而久之彼此就認識了。她們有一群很漂亮的女孩子，偶爾聚在一起聊天、跳舞什麼的，曼蒂也會請我去。當然，多半我會付帳。」朋友慢條斯理地拿出香菸點燃了起來，吸了一口。「我單獨約過其中幾個女孩子出去玩，不過沒約過曼蒂。一方面她常上雜誌封面、拍廣告的，二方面當時還沒有離婚，也不想太招搖。後來有一次，我在香港和客戶談生意，正好遇到曼蒂在鄰桌，也像剛剛那樣過來打招呼。她那次贏了選美比賽，到香港從事親善大使之類的活動。那晚我們有各自的飯局，因此匆忙地問了彼此下榻的飯店，就分開了。我一直忙到十點多才回到飯店。不過一進房間我就接到曼蒂的電話了，電話裡面一直哭……」

「她怎麼了？」

「我哄了半天，她才告訴我主辦單位把她們出賣了。那裡的商人喝了酒之後開始毛手毛腳，她一氣之下和他們鬧翻了，拎著行李在街頭流浪……我一聽只好雇了計程車，去把她接回飯店來。」

「在你房間過夜？」

「沒辦法，她人生地不熟的，一進房間就不肯走了。她說這些年她好累，要我陪她，還要我抱她……」

「哇，」我說：「你真抱她？」

他點點頭。「還能怎麼辦呢？可是事情不是你想的那樣，」他說：「我讓她睡我的床，我自己睡沙發。」

「這可一點都不像你。」我笑著說。

「我也覺得不像。可能是某種正義感作祟吧，我也說不清楚，總覺得人家落難，我是幫忙，不能趁人之危……」他沉默了一下說：「我們就這樣過了一個晚上。隔天早上醒來，她又緊緊地抱我，告訴我她很感激我，說我是一個好人，有一天如果我變成單身，她一定要嫁給我。那次之後我們沒再聯絡，沒多久就聽說她嫁到美國去了。」

「你確信那時候你提供的是她最需要的幫忙？」我問。

「搞不清楚啊。」朋友搖搖頭，又吸了一口菸。

「現在好了，你們兩個人都是單身。」我說。煙霧中，我們淡淡地笑了起來。那餐飯吃得很盡興，吃完飯我們一起離開餐廳。一走出飯店門口，朋友的電話響了起來。

「曼蒂？我啊，沒什麼事。我的朋友？他啊，」他看看錶，又看看我，露出神秘的微笑說：「剛剛才走開。」

說完朋友抬起手示意我離開，還對我揮揮手，算是告別。

被拒絕

有一次不知怎麼聊起了「被拒絕」的經驗，我的一個朋友說了以下的故事。

那是我唯一的一次相親，對方還在讀研究所。第一次見面之後兩個人一起去看電影。看完電影，我送對方回學校宿舍。由於印象還不錯，我試圖再約她出來。

「下個禮拜什麼時候有空？」我小心翼翼地問：「我們一起出來走走吧？」

「最近學校期中考比較忙，」她表示，「我必須準備考試。」

「喔，」我很能理解地說：「那下下個禮拜好了。」

「下下個禮拜我們也在考試。」

「喔，」我很有風度地問：「那妳們什麼時候考完試？」

女孩子沒有回答，沉默地走了一段路，忽然開口說：

「你知道，我們學校的考試很多，從期中考一直考，考到期末考，永遠都考不完的。」

火線

說這個故事的朋友雖然從事金融業，但他很喜歡人文藝術，風度翩翩。

我是外商銀行的主管，常常得到不同的地方去出差。那次我到東京去，事情提早辦完了，所以買了新幹線的火車票，打算到京都走走。我記得一上火車，在那種面對面的四人座找到位置時，鄰座的乘客便指著對面兩個日本電影中流氓打扮的乘客，用英文問我：

「對不起，我們是一起的。」他指指稍後方的位置，「可不可以麻煩你和那位客戶交換位置，我們必須談一點生意。」

我沒什麼好反對的，於是跟著他走到車廂後面去。所謂的客戶是個五十多歲的義大利人，帶著年輕的女人一起旅行。換了位置之後，這個年輕貌美的女人就變成了我的鄰座了。過了不久，她問：「你是日本人嗎？」

老實說，我以為那個女人是義大利人的情婦，腦海曾閃過少惹事為妙的念頭。不過她穿著短裙，露出一雙白皙的長腿……終於我還是忍不住聊了起來。一聊之下才知道我想錯了。原來蘇菲亞是客戶的女兒，去年才從大學畢業，第一次到亞洲來玩。

「日本好玩嗎？」我問。

「唉，無聊透了。」她指著老爸和前面那些日本人。

蘇菲亞的英文不是很好，不過很善解人意，我們很容易就從抱怨日本人開始，後來不知道怎麼地，聊到了費里尼的電影。我在年輕時曾經瘋狂地看過一陣子的藝術電影，那時候大概是失戀或者太寂寞我自己也記不得了，結婚、工作以後，就沒有那麼多時間了。我不會忘記蘇菲亞睜大眼睛告訴我她最迷戀費里尼時臉上的表情。於是我們就從費里尼的《羅馬》、《八又二分之一》……一路聊開了。每次蘇菲亞凝神聽我說話時，總是不自主地靠過來，有幾次她的胸脯就倚在我的身上。她並沒有穿胸罩，笑起來時，我可以感受到她緊身毛衣底微微的震盪。

列車到達京都以後，我們意外地發現彼此都住在同一個飯店，來接風的日本人讓我搭了一程便車。蘇菲亞在廂型車上用義大利話向她的爸爸介紹我，然而她爸爸只是沉默地看了我一眼。

我們分開沒多久，大概是進到房間洗完澡之後吧，蘇菲亞的電話就打來了。她問：

「你有空嗎？爸爸還要談生意，我們出去走走好不好？」

「好。」我本來是要打電話給朋友的。

她顯然很高興。「等一下，爸爸有話跟你說。」她把電話轉給爸爸，接著是哇啦哇啦的義大利話，我唯一聽懂的只有：「9 o'clock, O.K.?」

我看了看錶，回答他：「9 o'clock, O.K.」

因為還早，於是我們去了銀閣寺、哲學之道……那時是春天，到處都盛開著櫻花。蘇菲亞告訴我她的未婚夫是個律師，今年十月他們要結婚了。我恭喜她，也祝福他們。晚上我們就在鴨川畔吃懷石料理，喝了一點清酒。走出酒館時天空下起雨來，我們心情都很好，還牽著手在橋面上唱歌。

我們回到飯店時已經八點半了。我問她要不要到我房間坐一會兒，她說好。結果一進到房間蘇菲亞就開始狂野地吻我，還剝開我的衣服，於是我們就做了那件事。那並沒有花太久的時間。

送她回房間時我好奇地問：「妳爸爸到底做什麼生意？」

「軍火。」她若無其事地回答我。

「那些日本人？」我露出了驚訝的眼神。

她點點頭。房間到了，我敲敲門。門打開了小小的縫，露出蘇菲亞爸爸的半張臉。

「9 o'clock.」我對他說。

他看了看錶，沒說什麼，只是把門縫開得稍大了一點，好讓蘇菲亞從那個縫裡鑽進去。

那之後，我沒再見過蘇菲亞。儘管我們曾經留下過彼此的e-mail，不過顯然我們都不曾試圖再聯絡過對方。每次看好萊塢那種義大利黑幫電影時，我總會想起蘇菲亞。每次想起她，腦海中不免浮現男主角穿越火線的電影畫面。我想我在京都的確是和這樣的一幫人打過一次交道了。

我只要屬於你

告訴我這個故事的人是一個律師。

我在人生最低潮的時候認識了她。

那是我第三次律師考試落榜。我經常酗酒、賭錢，幾乎對自己失去信心。那時我在一家醫院工作，負責掛號收錢。她是病人。雖然從病歷我知道她從事特種行業，然而她身上有種很清純的氣質，你很難從外表看得出來她的職業。

最初是我去找她，她向我收錢，後來她認出我就是在診所向她收錢的人。我又去找她，然後開始約她出去吃晚飯……

她告訴我她從小被賣給了鴇母。她憑藉著自己的努力，一直在存錢，打算為自己贖身。她還拿出她的存摺給我看，表示現在只差二十幾萬了。

我很感動。我在她身上彷彿看到了一種鼓舞、向上的力量。正好那時候我賭贏了錢，整整二十幾萬，於是我拿出來為她贖身。

「花了這麼多錢，」她問我：「你想得到什麼？」

「我不想得到什麼，」我想了一下，「我只想要妳自由。」

我不知道自己是不是愛上了她，可是她的確激發我一種必須這麼做的情感。沒想到她竟然回答我：

「我不要自由，」她說：「我只要屬於你。」

第四次又落榜時，我說我想死。她沒安慰我，只是開著車載著我以及滿箱啤酒到了陽明山頂。

「喝完這些酒，」她堅決地說：「我就陪你把車開下去……」

「妳不怕死？」我問。

「我的一切都是你的，」她堅定的說：「主人死了，寵物活下去也就沒什麼意思了。」

我們一瓶又一瓶地喝著酒，直到全部的酒都喝掉時，她要把汽車開下山崖。不曉得為什麼，我竟然害怕了起來，我就趴在她的腿上，激動地哭了起來……

我甚至連死掉的勇氣都沒有，我恨我自己。我開始夜以繼日地喝酒，直到我失去了工作，開始賭錢，輸錢，借錢，再輸掉更多的錢。為了這些事情，我們吵了又吵。

後來她又開始接客了。她甚至拿錢讓我付房租，要我去補習……然而我拿了錢只是變本加厲地去喝酒、賭錢。

有一天晚上，我又輸掉了二十幾萬元。我一無所有地走回住處，發現她就睡在沙發上等我。那真的很荒謬，窗外下著雨，你的沙發上躺著一個女人，你用二十萬元幫她贖身，現在你自己卻輸掉了二十幾萬元，把生活搞得一團糟，然後她為了你去接客……你真的一點都不曉得事情為什麼會變成這樣？

分手的過程很平和。她沒有大吵大鬧，唯一的一次是她喝醉酒跑到我住處來，當著我的面割腕。我用力抓住她的手腕，鮮血就從我的指縫間流了出來。我問她：

「妳以為妳在做什麼？」

「你說要給我自由。」

「妳已經自由了，」我大嚷著：「難道妳不知道嗎？」

「可是，」她哭著說：「我只有跟你在一起才覺得自由啊。」

那是我們最後一次見面。我把身上剩下的錢全留在醫院，沒等她手術醒來，我就離開了。

二年後，我通過了律師考試，也完成了律師的訓練，自己開業。再見到她是十年後的事了。那次我和客戶約在飯店見面，就在大廳又看到了她，她看起來老了很多，從穿著打扮的樣子，不難猜想她仍然還在接客。

我知道她也看見我了。可是她沒說什麼，眼睛裡滿滿都是悲傷。

我也沒說什麼，甚至連個招呼都沒打，裝出不認識的樣子，匆匆離開了飯店。一路上，我不斷地想起許多往事，還想起了她說著「我只有跟你在一起才覺得自由啊」的樣子……

我有種很想哭的感覺，卻哭不出來。

要過了很久以後，我才明白，我曾經一廂情願地以為我可以把她從墮落裡面拉出來。到最後我並沒有做什麼。

我只是把自己拉出來而已。

估價

套用莫泊桑某篇短篇小說的開頭，這個故事應該是這樣開始的：

就說她是茱蒂吧，真實姓名也就不必透露了。

茱蒂是我認識的一群有閒、愛打扮的女士之中的一位。通常一大早送小孩上國中之後她就閒著了。百貨公司要到十一點才開門，她習慣到咖啡店叫杯咖啡，坐在那裡翻翻書，或者只是看人，什麼事都不做。

大部分的女人都羨慕茱蒂，她嫁的老公不但有錢，最重要的是從不管她怎麼花錢。茱蒂整天英英美代子，不是跳韻律舞，就是上髮廊、買保養品、逛流行服飾，外加美白、照雷射……茱蒂愛漂亮，想討好她的人很自然就稱讚她漂亮，說來說去搞得茱蒂很緊張，愈發保養妝扮……到後來也說不上來到底算良性還是惡性循環。

有一天，茱蒂坐在咖啡店，兩、三個眼熟的小女孩忽然跑來找她搭訕。

「姊姊，我們看妳跟我們一樣老是泡在這裡，妳一定是我們的同行。」

「同行？」茱蒂問她們：「妳們是哪一行？」

「姊姊妳別裝了，」小女生笑了笑說：「妳的經紀人呢？怎麼從沒有見過？」

「我沒有經紀人啊。」茱蒂說。

「啊，沒有經紀人？」其中另一個小女生熱心地說：「姊姊，這年頭做援交像妳這樣是不行的啦。」

「援交？」茱蒂愣了一下，「為什麼不行？」

「妳這樣單打獨鬥很危險耶。現在很多客人很壞，警察更壞，他們會故意扮成客人來抓妳，被抓到妳就麻煩了，」年輕女孩說：「不如妳來加入我們好了，這樣我們彼此可以有個照應。」

茱蒂好奇地問：「援交一次可以拿多少錢？」

「平均大概是三千五左右吧。這要看每個人的條件，身材、臉蛋、氣質啦。像姊姊這麼漂亮，價錢一定很好，如果妳有興趣，我請我們的經紀人過來估價一下……」

「經紀人？」茱蒂本來只是問問，一講到估價，興致全來了。她想了一下說：「好啊，找他來看看。」

不久，那個叫史蒂芬的經紀人來了。「就是妳啊？」他拿著手機，上下打量了茱蒂全身半天，「我手上正好有一個case，妳有沒有興趣試試看？」

「價錢呢？」茱蒂問。

「兩千五。」

「多少？」茱蒂一臉不敢相信的表情。

「兩千五。」

茱蒂像被人打了一巴掌似地，她說：「她們不是都有三千五嗎……」

「跟她們比？」史蒂芬輕敲著手機，淡淡地說：「妳生過小孩了吧？」

「可是，兩千五……」

「兩千五很好了啦。」史蒂芬比手勢叫茱蒂轉圈。

茱蒂帶著全身上下起碼一、二十萬元的行頭配件照做了。轉完之後，史蒂芬說：「本來市場沒這個行情的，我是看妳保養得還算不錯⋯⋯」

生意還沒談成，茱蒂已經氣個半死了。她回到家，讓老公安慰了半天不夠，還把名貴的化妝品、保養品全丟到垃圾桶去。過幾天氣還沒消，又跑去把這個故事告訴她那群姊妹淘。姊妹淘們全笑得東倒西歪，眼淚都快流出來了，有人譏笑她說：「花了那麼大的本錢化妝保養，一次才值兩千五，妳可虧大了。」

茱蒂很不服氣，嘟著嘴反擊說：「妳們誰要是覺得自己不虧，我可以現在就去找那個史蒂芬過來估價⋯⋯」

才說完，一群太太們妳看我，我看妳，大家全都鴉雀無聲。

茱蒂就這樣氣了快一個禮拜，直到那一刻，她總算露出了淡淡的笑容。

我還能怎麼辦呢？

有一次我在學校授課完坐上計程車準備回家。途中，司機從後照鏡打量我半天，忽然問：「你在大學教書？」

「嗯，」我問他：「怎麼了？」

他帶著幾分神秘的神色說：「我包養過一個大學的女學生。」

「啊？」我有點訝異，司機五十歲左右，身材肥胖，感覺上教育程度不高。我問：「包養是什麼意思？」

「就是替她付房租，帶她去吃飯、看電影啦，還買東西給她……每個禮拜有幾天固定去她那裡和她睡覺。」

「這是有人仲介，或者……」

「沒有，沒有，」他連忙否認，「一開始是她坐我的計程車……她主動問我一個人會不會無聊？晚上要不要一起去看電影？幾次以後我們開始談條件，每次都是我去女生宿舍載她，請她吃飯，給她買衣服、化妝品……我覺得很奇怪，現在的大學女生是不是流行這樣？」

「我不是很清楚，」我說：「不過，你說的情況應該是特例吧？」

「怎麼會是特例？後來那個大學生還想再介紹另一個同學給我呢。」

「真的？」

「這根本就像花錢找女人一樣。說真的，我是沒什麼學歷啦，可是如果要花錢，大學女生太麻煩了，先得陪逛街，還要看電影……」

「你平時花錢找女人嗎？」

他呵呵地笑了起來，「那我可是專家了。你知道我為什麼到台北來？就是因為我的錢全在南部玩女人花光了，才不得不到台北來打拚的……哎，哪有什麼愛情？不怕你笑，我流浪到台北來，這已經是第三次了。」

「你結婚了嗎？」我問。

「幹嘛結婚呢？我這種人對女人沒有什麼吸引力啦，」他嘆了口氣說：「女人要的就是我的錢而已。」

「那你跟女人在一起又為的是什麼呢？」

他沒回答，只是邪惡地對我笑了笑。

我忽然覺得有些毛骨悚然，問他：「你不是那種計程車之狼吧？」

「你把我想成什麼了？」他大笑起來，「我開車絕不會對女乘客亂來的，我的機會可多了，而且絕大部分都是自動送上門來的。」

「你是說，就在這個車上？」

司機點點頭。

「她們跟你求愛？」

「哎呀，什麼求愛？她們跟我招攬生意啦。反正這些女人都出門了，做完前面一樁生意，順手再接一樁，價錢也好商量啊。」

「你們在哪裡做？」

「計程車開到哪裡都嘛可以，只要是隱蔽一點的地方就行。」

我笑了笑說：「這我倒沒想到。」

車子走了一會兒，他又說：「你知道，就前幾天我載到一個菲傭。她一上車坐到前座，我就覺得有些奇怪了，果然車子從大安森林公園開到了天母，車錢兩百多元，那個菲傭動也不動，一直說，no money，no money……」

「那怎麼辦？」

「我只好伸手進她的衣服裡，摸一摸了事。」

「就這樣？」

「那個菲傭那麼醜，我可沒興趣上她。」

「沒興趣？」我可不懂了，「你幹嘛還摸她？」

「她沒錢啊，」他理直氣壯地說：「要不然，你說我還能怎麼辦呢？」

一個潔淨明亮的地方

這是一個導遊告訴我的故事。

忽然這個晚上大家都過生日了。事情當然不可能這麼巧，導遊嘛，客人說過生日就過生日，反正大家開心就好……總之，時間是晚上八、九點左右吧，地點在雪梨著名風化街King Cross路。

手機響時，我帶著一群歐吉桑，正陷在一群金髮阻街女郎的糾纏中。包括阻街女郎，以及幾個台灣歐吉桑，所有人都停下來等我。

「導遊，你不是說要一起來慶生嗎？」那是同團的另一組女客人。清脆的女聲，背景是更多女生哄笑的聲音，「我們在五〇四房熱鬧得很，你到底來不來？」

等我答應隨後過去，掛上電話後，殺價又繼續下去。

「How about 300 dollars?（三百元如何）」我問。

「You or he?（你或他）」阻街女郎扭了扭腰肢。

「What's the difference?（有什麼差別）」我問。

「400 for him. For you, the price is negotiable.（他四百，你的話，價錢好談。）」

「I am flattered.（我真受寵若驚）」

歐吉桑問我她說什麼。我說：「她說四百。」

「你跟她說我今天過生日，打個折嘛，算是禮物……」

「三百五。」我說。

她遞給我一張名片，曖昧地說：「Call me later.（晚一點打給我）」

「她幹嘛給你名片？」歐吉桑問我。

「她請我介紹生意。」我懶得多解釋了。

安排好了每個歐吉桑的生日禮物，發給他們飯店名片，並且再三叮嚀他們一定要戴保險套後，我就坐計程車先行趕回了飯店。

一進五〇四房門，房間裡只剩下打電話給我的那個女生。空氣中全是酒味，她只穿著單薄的睡衣，酥胸微露。

「其他人呢？」事情有點不太對勁。

「就我們兩個人。」她在我耳朵吹氣，又把我推坐床上，在我身上磨蹭蹭。

「這樣不太好吧！」我作勢要起來，又被她推回來。她伸手來解開我襯衫鈕扣，被我擋開。我們就這樣拉扯了一會兒，忽然聽見衣櫃傳出聲響。

「那是什麼聲音？」我才說著，櫃門立刻被推開，從裡面跳出來好幾個女孩，叫嚷著：「妳輸了，妳輸了。」

「這是怎麼回事？」我一臉錯愕。

「她吹牛，打賭五分鐘之內可以讓你乖乖就範。」

「妳們怎麼可以這樣玩弄我的感情？」我裝出不悅的表情。

「對不起啦，生日嘛……」

結果所有女孩都在我臉上吻了一下，算是賠罪。我陪她們鬧了一會兒，歡樂派對才總算結束。結束派對之後，我忽然覺得好累。我走到樓下，利用飯店前的公共電話打了通例行電話回台灣。

「你什麼時候回到台灣？」太太問。

「後天中午。」我說。

「後天晚上爸爸生日，你別忘了從免稅店帶瓶酒當生日禮物。」

「噢。」

掛上電話，我搭電梯回八樓房間。走出電梯，遠遠就看見剛剛挑逗我的女孩，站在我房間門口輕輕敲門。接下來的故事我年輕的時候其實很熟悉的。我本來想走過去幫她開門的，不過盤算了一下，決定還是算了。

我在飯店門口碰到另一個導遊，也在打電話。他最近快結婚了，想必是打電話給台灣的未婚妻。掛上電話，他向我打招呼。我遞給他香菸，自己也點起一支。我們走到港灣前，就坐在椅子上抽菸。

「你會不會覺得好像年紀愈大，愈來愈不適合在外面流浪？」他問。

我心想著，年輕的男人想到嬌妻難免急著回家，可是到了我這個年紀，就真不曉得回哪裡才是家了。我沒說什麼。人生就是這樣，有段時間什麼事都有趣，可是過了某個點之後似乎一切都變成無止無盡的流浪了。

抽完菸我提議：「我們去喝一杯吧。」

「去哪裡呢？」他問。

港灣吹著南太平洋的風，天空這時飄起了毛毛雨。

「找個潔淨明亮的地方吧。」我說。

reality
show

凝視

告訴我這個故事的人是一個電視台的攝影記者。

「這個故事愛寫你就寫，不過可別說是我說的。」他說：「我有言在先，將來就算有人問我，我也不會承認的。」

民國七十三年政府實施了一清專案。隨著民國七十六年解嚴後，許多黑道份子陸續被釋放出來。到了民國七十八年台灣開始了新一波的泡沫經濟，股市、房地產不斷上漲……當時也是台灣的黑道最囂張的時候。

我就是在那個時候考進電視台的。

最開始的時候，我被指派跟著其他資深記者實習。有一天收了工，正準備開車回公司，忽然聽見前方計程車猛按喇叭。我探頭出去看，原來計程車和另一部朋馳轎車同時卡進一個停車位，誰也不肯讓誰。

我當時靈機一動，心想搞不好可以做個專題或什麼的，於是扛著攝影機跳下車，立刻開始拍攝。

雙方僵持了一會兒，又按了一陣喇叭之後，後方計程車司機跳下汽車，邊破口大罵，邊往前要和朋馳車主理論。朋馳車窗貼著反光玻璃紙，看不到裡面。等計程車司機靠近，玻璃窗才緩緩地搖了下來。我本來預期會有一場爭吵，可是爭吵並沒有發生。只聽到「砰」的一聲巨響，計程車司機已經跌倒在地上了。

我一時之間還搞不清楚怎麼回事，等看到血滲紅了上衣，我才會意過來：司機中槍了！接著朋馳車門打開，一個穿著西裝、面無表情的年輕人從汽車裡面走出來。

司機一臉驚慌失措的表情，急著從地上爬起來，回頭就跑。等他跑回計程車前要開門，年輕人走了兩步，緩緩拿起手上的槍，又發射了一槍。砰！

這一槍打在另一隻手臂上。司機發出痛苦的呻吟。

「不要……」司機說著，掙扎著轉身，跌跌撞撞往後又跑。

司機一路跑過我的面前，年輕殺手亦步亦趨跟隨在後。他緩緩舉起槍，對著司機又發射了四發。

砰！砰！砰！砰！

殺手的位置就在攝影機正前方。四槍之後，他注意到了我，舉著槍轉過身來。我從鏡頭裡看到他凝視我的眼神。當時我的心臟差點都要跳出來了，只覺得：完了。然而他凝視了一會兒，只是放下了持槍的右手，用左手對我比畫了一個開槍的手勢。

等我回過神時，他已經開著汽車揚長而去。

地上、車上、牆上，到處血跡斑斑。計程車司機微弱地喊著：

「救命……」他全身是血，努力地爬向附近一家餐廳。

餐廳裡面有個女服務員最先跑了出來。她一看到司機以及血跡時，有點愣住了。不過在看到了我的攝影機之後，很快又露出了理解的笑容。

「大家快來看，」她雀躍地回頭大喊：「有人在拍電影！」

那捲沒交給警方的錄影帶，影像就在這裡停了。

槍擊要犯

我的朋友曾經當過一陣子的記者。我們大概是在談怎麼才算是個好記者這類的話題時，她告訴了我這個故事。

十多年前我剛畢業時誤打誤撞進入了一家八卦雜誌當記者。我是個女孩子，又剛離開學校，什麼事都不懂，可是礙於工作需要，舉凡色情行業、犯罪現場……什麼地方都得去，因此常常鬧笑話。有一次，刑事警察局抓到了一個槍擊要犯。雜誌社通知我過去採訪時，老實說，我什麼都不知道，約略只聽說這位大哥是十大槍擊要犯之首，殺人無數，手段兇殘。

我趕到警察局時有點晚了。我一進警察局發現那裡早擠滿了記者，把人犯包圍得密不通風。我相信警察局一定把他們能通知到的記者全都找來了。為了交差，我只好硬著頭皮鑽呀鑽地鑽到最前面去。

我好不容易鑽出來時，正好站在這位大哥的正前方。他戴著腳鐐手銬，披頭散髮沉默地坐在椅子上。氣氛似乎僵住了。如果我沒猜錯的話，應該是之前有人問了什麼觸犯禁忌的問題，惹得他不想再說話。我心想，人都到了，不問個問題實在太丟臉了，於是我本著初生之犢不怕虎的精神就問：

「你是怎麼被抓到的？」

我一問就知道那是個笨問題。沒想到他竟抬頭看了我一眼，我也對他點了點頭，有點請多多指教的味道。

「剛剛已經說過了。」他冷冷地回答。

「可是我晚到了，沒有聽到嘛，」我說：「你就再回答一次好了。」

「沒聽到是妳的事，我為什麼還要再回答一次？」

「別這樣嘛，」我說：「像現在這樣跟我們這麼多人好好聊天，你以後恐怕不會有機會了。」

我不知道到底是什麼觸動了他，他愣了一下，又看了我一眼，竟然真的為我再回答了一次。

「聽說，你還殺了自己的小弟？」

他點點頭。「我怕他們平時太過張揚，不准他們帶槍。可是他違反了我的禁令，偷藏了一把槍。」

「就因為這樣你要殺他？」

「這不是殺不殺的問題，」他說：「這是紀律問題。」

我有一種感覺，他既冷靜，腦筋又清楚，這是從頭到尾最令人毛骨悚然的地方。「那個小弟的女朋友呢，也是你殺的？」

他點點頭。「我知道他很愛那個女人，所以讓她去陪他。」

最有趣的是搞到後來他一概不回答別人的問題，只接受我的採訪。別的記者只好把問題告訴我，請我代問。我就這樣愈問愈深入，到最後連警察也來了，在我耳邊說：

「妳問他，公共廁所那件命案是不是他做的？」

我照問。他也點了點頭。

後來問題問得差不多了，攝影記者說要拍照時，他忽然歇斯底里地跳起來，不斷地掙扎、扭動，驚動許多警察過來鎮壓。

「你是不是覺得這樣拍照不好看？」我忽然想起他一直是個大哥。他點了點頭。我趕忙找來外套蓋住他的腳鐐手銬，又用手當五爪梳幫他把頭髮梳理了一下，他總算才安靜下來。

隔天這張照片幾乎占據了所有報紙的重要版面。照片上大哥看起來還好，我就站在他的旁邊，也跟著出現在每一張照片上。當時我只顧著幫他整理儀容，完全沒有想到自己也會入鏡。我本來就已經披頭散髮，那天在記者群裡鑽進鑽出之後更是變本加厲。

我聽見一個不認得我的攝影記者指著照片問別人：「旁邊這個亂七八糟的爆炸頭就是大哥的女人對不對？」

這位大哥後來被槍斃了。想起來我就有點懊惱，那天我簡直用我的狼狽搶盡了他的風采。

大部分的時間我都在等

這是一個刑警說的故事。

我是一個資深刑警。很多人以為我們刑警像電影那麼威風，成天到處逮捕嫌犯，可惜那只是很小的部分。事實上，逮捕嫌犯的過程中，大部分的時間我們都在等。通常你只要有足夠的耐心做好埋伏跟監，確實掌握嫌犯的位置以及動線之後，逮捕行動反而是比較容易的部分。

我年輕的時候曾經跟監過一個槍擊要犯。那次我們接獲線報，跟蹤他到了復興北路的一棟住辦混合的大樓。這傢伙機警又沉得住氣，等了三天，我有點浮躁了，決定和同事一起進大樓打探。

我們從一樓沿著樓梯間逐層往上搜索。由於嫌犯的正確位置我們一點概念都沒有，說是搜索，其實不過就是碰碰運氣。我和同事就這樣穿著便服東看看西摸摸，一直摸到了十二樓，沒有發現什麼異樣，只好垂頭喪氣準備從頂樓搭電梯下樓。

電梯來時是空的。我們兩個人走進電梯，很習慣地轉身過來面向電梯門口。到了十一樓，電梯開門，走進來上班族裝扮的三男一女。

等電梯下降到十樓時，電梯開門，說巧不巧，嫌犯以及他的隨身小弟赫然就站在門口。更誇張的是他們一點也沒警覺到我們可能是刑警，就這樣大剌剌地走進了電梯，隔著上班族，就在我們觸手可及的前方轉身過來背對我們站著。

我注意到同事早已經伸手進西裝外套，按在手槍上了。在這麼近距離的密閉空間裡動手，任何閃失都可能傷及無辜，於是我對同事擠了擠眉毛，要他稍安勿躁。

電梯關門，繼續向下。

電梯在八樓停了下來，走進來更多人，把嫌犯以及上班族往內擠。現在嫌犯更靠近了，近到我們都可以聽見他們的呼吸聲的地步。

電梯關門，繼續向下。

我前方的女上班族旁若無人地聊了起來：「我覺得那家餐廳的老闆娘很摳，牛肉愈放愈少。」

「所以我現在改吃雞腿飯，」她身旁的男人附和著，「老闆娘總不能給我半隻雞腿吧！」

我對同事眨了眨眼，表示我對付嫌犯，他對付貼身小弟。他也眨了眨眼回應。

電梯繼續下降，七樓、六樓、五樓……我感覺到空氣都快凝結了。電梯停在四樓，門打開，又走進來一個人。電梯關門。

我的心臟噗通噗通地跳著。三樓、二樓、一樓……電梯終於在一樓停了下來。人群魚貫走出電梯。等到嫌犯開始移動時，同事和我立刻迫不及待展開行動。

「警察，不要動！」

我們同時躍身穿越上班族，試圖撞倒嫌犯和小弟。儘管我順利地制伏了嫌犯，不過貼身小弟並沒有被撞倒，他掏出手槍準備回擊，立刻被同事一槍擊中小腿。人群響起了尖叫聲，小弟流著血跑了十幾公尺，同事又開了第二槍，終於將他制伏。

我還清楚地記得制伏嫌犯時他回頭那種不敢置信的表情。事後我和同事都被記了功，當時我們自己也覺得很得意。一年多之後，我的同事故技重施，再度隻身進入大廈去找嫌犯。只是他不再有那麼好的運氣，歹徒就等在頂樓，對著他開槍……

這已經都是很久以前的事了。這些年，我慢慢理解到逮捕嫌犯和電影演的完全都不一樣，說穿了它其實是「耐性」的較量，誰先熬不住誰就先出局。就這樣，我愈來愈沉得住氣，我也愈來愈容易抓到嫌犯，大部分的時間我都在等……

這樣也好，真的

我的朋友曾經是個民意代表，故事發生在他競選連任的投票當天。

那天一大早我和太太吵了一架，顧不得等到開票結果，就一個人開著汽車離開了台北。我不知道是因為選戰打完了，心情鬆懈下來還是怎麼回事，反正幾年政治生涯下來，我實在看過了太多人難看的嘴臉，還有太多的利害恩怨。當初我投入政治其實是滿懷理想和抱負的，可是現在我卻心灰意冷，我都懷疑自己快要變得和他們一模一樣了。人家說坐轎的人不想坐了，抬轎的人還想抬。說真的，要不是我的支持者以及種種情勢，我實在不是那麼想再打這場選戰的。

我漫無目的的開著汽車到了中部，發現有一家溫泉旅館。你知道，台灣三百一十九鄉我幾乎全都走遍了，可是印象中卻從來沒有這個旅館，於是就住了進去。溫泉旅館蓋得美輪美奐，住宿的遊客也很多，看來生意不錯。我把經理找來，問他：

「咦？這裡什麼時候有溫泉，我怎麼從來都不知道？」

經理這才跟我說明，這裡本來的確沒有溫泉。經過九二一大地震之後，山上的大石頭砸下來，地上裂出了一個大洞，冒出了溫泉。溫泉吸引了財團的投資，於是蓋出了這家全新的溫泉飯店。

這是那天的第一個故事。

那天中午我在旅館附近餐廳用餐，遇到了餐廳的老闆娘是個舊識。說是舊識，其實是我在台北的ＰＵＢ認識的朋友。當時她們姊妹可以說是台北公關界出了名的交際花。姊妹聯手出擊，專找一些有錢人下手，處心積慮和他們交往，之後再用種種手段誆得錢財。因此看到老闆娘開了一家普通的餐廳時，我當然嚇了一跳，好奇地問她怎麼會回來中部開餐廳？她才告訴我是這幾年經濟不景氣，她也厭倦了在台北那樣的生活，於是下定決心回到中部來。

後來不知怎麼聊的，我們就聊到了老闆娘的妹妹。老闆娘告訴我，本來幫她妹妹找了一個看起來很有錢的對象，沒想到結婚之後才搞清楚原來對方是個空殼子，他們家早就積欠了一屁股債。那段婚姻從一開始就吵吵鬧鬧，夫家罵她妹妹是公關小姐，她妹妹就罵她先生是個大騙子……後來又發生了錢的糾紛，又有黑道牽扯進來，反正有很多不愉快的事，最後總算離成了婚。離婚的那個晚上大家喝酒慶祝，她妹妹開車回家時發生了車禍，在加護病房住了一個多月，差點死掉。

很神奇地，出院以後，過去這十幾年發生的事情，她完全不記得了。

「有時候我實在很懷疑，她根本就是故意忘記那一段的。」老闆娘嘆了一口氣說。

她的妹妹就在餐廳幫忙。她走出來時已經不記得我了。一看到她，當下我簡直目瞪口呆了。說真的，過去她就很美，可是現在更美了，從前在她身上有種不自然的妖嬈冶豔，現在完全消失了，取而代之的是一種說不出來的單純，像個天使般地令人感動。

這就是我要說的第二個故事了。那天洗溫泉時我想了很多事，晚上我在開車回台北的路上，從收音機裡聽到了自己最高票落選的消息。或許是這兩個故事的緣故吧，落選讓我聯想到地震或者是車禍的感覺，奇怪的是，我不但沒有敗選的悲傷，反而感受到某種重新開始的可能……

第一個打手機給我的是我太太，我們倆在電話上沉默了一會兒，最後是我先開口的。

「我知道了，」我說：「這樣也好，真的。」

睜著眼睛說瞎話

台灣有一陣子地下色情行業氾濫，流風所及，連盲人按摩都受到色情污染。這是一個朋友說的故事。

我們家附近最近新開了一家按摩店，招牌寫著「盲人按摩」。有一天，我全身疲累，忽然心血來潮，何不去按摩看看？我敲門之後，大門只打開了一條縫，裡面的人用一種不信任的眼光從頭到腳盯著我看。

「請問有什麼事嗎？」他問。

「我來按摩。」

「誰介紹你來的？」他狐疑地問。

「我看到招牌，自己跑來的。」

「稍等一下。」說完之後他關上大門。沒多久，大門又打開了。我可以確定那是同一個人，可是他竟當著我的面，忽然變成了盲人。

「請跟我來。」他說。

我不知道到底是我長得像便衣警察還是怎麼回事，他就那樣眼睛上翻，露出眼白，用著盲人摸索的姿勢，把我引進我該去的房間，並且開始為我按摩。

找人

不知怎麼聊的，我們聊到從前的人是不是比較敦厚這個話題，有個朋友說了以下的故事。

民國七十幾年我們住在鄉下。有天晚上上床沒多久，就聽見樓下奇怪的聲響。等我走到樓下時，我三個哥哥、爸爸、媽媽都醒了，他們手上全抄著斧頭、菜刀、榔頭、枴杖，在黑暗中屏息以待。

小偷試圖用各種方法打開大門，行不通之後，他轉而開始撬窗戶。搞了半天，等他終於打開窗戶，爬進屋裡……

忽然電燈全開，我們全家的人早已經全副武裝，嚴陣以待了。

「請問有什麼事嗎？」爸爸代表發言。

小偷是一個手持鐵鍬、瘦弱的年輕人，他顯然有點愣住了。

「我，」他評估了一下情勢，膽怯地說：「我來找人。」

找人？爸爸不動聲色地問：「找誰？」

「阿祥。」

「誰？」爸爸提高了聲調。

「阿祥……」

「這裡沒有這個人。」

「對不起，」他猶豫了一會兒說：「我找錯地方了。」

說完他匆匆忙忙轉身打算開門離開。沒想到弄半天大門仍然打不開。他慌張地轉頭過來對我們點了點頭，又踉踉蹌蹌地從窗戶爬出去了。

等他終於滾蛋，大家再也忍不住，全笑得跌到地上去了。

work

民國製造

這個故事是在電話中聽一個資深的電視製作人說的。

講到拍電視劇，不管你再小心，還是處處都有可能出差錯。通常拍戲的作業習慣是跳著拍的，因此稍不注意，意外就冒出來了。舉個簡單的例子好了，戲拍完了，剪接時才發現，怎麼主角出門時穿這件衣服，回來變成了另外一件？主角又不是超人，難道還在電話亭換衣服不成？這時候你說該怎麼辦？

當然，如果還來得及補拍那當然就補拍，問題是往往發現時已經來不及了。

（怎麼說來不及呢？我問。）

來不及的原因很多啊，像是經費、演員的檔期、場地的配合，很多問題拍的時候一旦沒想到，等到了剪接時才看出來，多半已經來不及。

（喔？）

我再舉個例子吧，前一陣子我們拍了一部清裝連續劇，裡面就有一場戲，講的是個貪官，把地方搞得遍地饑荒，民不聊生，到處怨聲載道。後來皇帝知道了，決定要處決這個貪官。這場戲很重要，因此場面一定要大。戲在大陸拍時我不在現場，只交代導演，一定要把老百姓那種群情激憤的氣氛表現出來。

戲拍完了，大家似乎都很滿意，我也沒有特別過問。等我在台北看到毛片時，氣勢果然拍得不錯，場面看起來也很壯觀。老百姓恨這個貪官，一聽到他要被處決了，全部都來圍觀……不過再看下去我知道麻煩大了。我立刻撥了個電話給導演，我說：

「你幹嘛行刑前，還安排老百姓對這個貪官砸雞蛋，又丟青菜？劇本上明明沒有這一段的！」

導演說：「是你特別交代要拍出群情激憤的氣氛，我是想，這樣畫面比較生動……難道你不喜歡嗎？」

「哎啊，不是我喜不喜歡的問題，問題是你一砸雞蛋就完了！」

（大家抗議不是都砸雞蛋，怎麼會完了呢？我問。）

你要搞清楚，戲是清朝的戲，到處還在鬧著饑荒，老百姓連飯都沒得吃了，去哪裡找那麼多雞蛋呢？又不是雞農或者是菜農在行政院前面抗議。再說，從前物質缺乏的時代，雞蛋多麼珍貴，就算老百姓有那麼多雞蛋，他們也捨不得拿雞蛋來砸啊！

（對喔，我說。怎麼沒想到呢？）

想到「對喔」已經來不及了。你看，戲已經都殺青，演員也安排了別的檔期，那麼大的場面要再回大陸重拍根本是不可能的事。

（那怎麼辦呢？）

想來想去沒別的辦法，只好進剪接室去剪。糟糕的是，導演拍得太用心了，整場戲到處是雞蛋、青菜滿天飛的畫面。我們猛盯著畫面，一看到雞蛋、青菜就剪。沒有比這種剪接更痛苦的差事了。剪得少了，雞蛋、青菜跑出來，剪得多了，戲連不起來，又不能只剪掉雞蛋、青菜。

我們咳聲嘆氣，一剪再剪，搞到最後，終於剪無可剪，只能硬著頭皮上檔，祈求觀眾不要太過挑剔。

（結果呢？）

觀眾的眼睛當然是雪亮的啊。一播出那個晚上我們公司立刻就接到許多觀眾的電話，大部分的人全搞不懂，那個貪官臨死之前，臉上頭上無緣無故多出來許多黏黏糊糊，好像雞蛋一樣的東西到底是什麼？

（我已經笑得肚子痛了……）

哎，他頭上就是有雞蛋我有什麼辦法呢？你說我總不能為了雞蛋連貪官的頭也一起剪掉吧，好歹總得留著那個頭，否則那麼大的場面，你說朝廷要砍什麼才好呢……

說了你也不信

有一天，我碰到一個專門調查飛機失事的人。他說了許多故事，害我有好一段時間不敢坐飛機，以下就是其中的一個。

基於各種考慮，從航空公司到飛機型號、航次等相關真實資料我全省略了。故事的背景是九〇年代開放大陸探親之後，台灣一窩蜂成立了許多小型航空公司，準備在市場卡位，等著兩岸三通之後大發利市。

就像偵探小說一開場都有個屍體一樣，這一次，一架民航小飛機在空中失速墜毀了。根據塔台的報告，飛機駕駛才通報飛機失速，不到一分鐘，光點立刻從雷達螢幕上消失了，意外的發生毫無預警。

我到達現場，發現機體已經嚴重變形，殘骸散落範圍不大，最特別的是飛機並沒有產生爆炸。現場那些慘不忍睹的畫面我就跳過不談了。

很幸運地，當天我們發現了一個警示燈，燈內的鎢絲嚴重燒壞變形。根據研判，在失事當時那個警示燈是亮著的。因此，技術人員立刻確認是引擎燃燒狀況出了問題，這給調查小組很大的鼓舞。我們立刻鎖定焦點，延請專家展開相關的鑑識工作。

接下來的進展並沒有預期那麼順利。專家對於引擎的進油、噴嘴、點火系統以及機件作了各種檢測、分析，花了很大的力氣，還是找不出可能導致引擎燃燒失常的原因。於是一切又回到了原點，有沒有可能問題並不出在引擎燃燒系統？

就在技術專家一籌莫展時，我接到了化學鑑識人員的電話。

「你們提供的飛機燃料有沒有問題？」他說：「那根本不是汽油。」

「怎麼可能？」我不以為然的說：「你們要不要再重驗看看？」

他們表示早重驗過好幾次了。我們只好重新採樣，再度提供失事飛機燃料箱內的燃料，請他們檢驗。隔天報告結果出來了，是水，接近100%的純水。

大家都很疑惑，100%的水怎麼跑到飛機油箱裡面去的呢？

我們回到機場。當天加油的紀錄非常清楚，一切加油都是按照標準程序進行。我們又去勘驗了貯油槽的汽油、上游供應商的汽油，一切都是合於規定的。

於是調查又陷入了膠著。到底發生了什麼事，使得汽油變成了水？有一天，我在家裡吃飯，太太煮了一道排骨湯，看著浮在湯面上的油，我發起愣來，看著看著……我忽然大叫：

「啊，貯油槽！」

於是我又跑了一次現場。這家航空公司擁有兩個自製的大貯油槽。原先失事飛機加油的貯油槽已經用光汽油了，另外這一大槽還剩下將近一半。

「這一大槽汽油可以用多久？」我問。

地勤查閱了一下紀錄。由於飛機航次不多，一大槽汽油大約可以用四個多月。

我請人找來一條管子，伸到油槽底，利用虹吸管原理，把底層的汽油抽出來。果然和我的猜想一樣，管子流出來許多清澈無味的液體。答案已經很清楚了，不用化驗我就知道那是100%的純水，難怪飛機墜地時沒有爆炸。

四個月來，槽內空氣中的濕氣在白天溫度升高時凝成水滴，不斷地沿著內壁滑入汽油中。由於水的比重大於油，這些水全沉入了底層。

我找出國外貯油槽的設計圖，發現那些設計全具備了排除或避免底層液體使用的專業。相較之下，我們的航空公司為了搶先設立，急就章製造出來的貯油槽，雖然外觀差不多，可是實際上的功能卻只是個容器而已。

說了你也不信，那架倒楣的飛機，就這樣從油槽底層加了一肚子水，靠著原先剩下的汽油飛上天，然後失速掉了下來。

秀才遇到兵

記得每次旅行時，導遊都要介紹司機，大家給司機拍拍手，事後還要給司機紅包之類的事……這個故事就是一個隨車導遊告訴我的。

會從事遊覽車司機這種工作的人，多半是很有個性的。他們雖然平時沉默善良，可是你千萬別隨意招惹，否則卯起來他們的反應是很激烈的。

我記得有一次，我帶了一個團體，成員全部都是律師。那個公會的聯誼主委也是個律師，大概是少年得志吧，非常臭屁，從一上車開始，就不斷地編派東、編派西的，一會兒嫌我們的服務不好，一會兒又說我講解得不對。

等他開始指揮司機路怎麼樣，車又該怎麼走時，我就預感到麻煩來了。

本來認路是司機的專業，偏偏那位老兄非得指揮司機不可。好了，這麼一攪和，遊覽車在市區瞎轉，逆向駛進了單行道，被警察攔下，當場給司機開了一張罰單。開完罰單，司機走回遊覽車，臉色很不好看。

「老闆，」他走到那位律師面前，「這張罰單怎麼辦？」

沒想到那位仁兄竟抱怨司機不會開車又不聽指揮，碎碎唸個不停。

事情很快變成了僵局，司機站在那裡不動，重複著：「老闆，這張罰單怎麼辦？」

我居中協調，一點用處也沒有。最後律師不耐煩了，他說：

「你這是什麼服務態度嘛，我真是秀才遇到兵……」

「你是秀才，我是兵？」司機狠狠地瞪了他一眼，「好。」情勢急轉直下，司機走回駕駛座，重新又發動遊覽車。

果然司機一開上高速公路，就開始急速變換車道。我們這種老鳥都很清楚，高速行駛之下快速變換車道很容易暈車的。不到十幾分鐘，車內客人已經開始抱怨連連了。

「你可不可以開慢一點？」那個律師站起來不滿地指責司機。

司機回頭看了律師一眼，之後不但沒有慢下來，反而還蛇行，並且加速超車。過了不久，車內好幾個人都吐了。

「別這樣嘛，」我提醒司機，「他們都是律師，你不怕挨告？」

「他們秀才，我是兵。我笨嘛，不會開車……」司機表示。

「你這是什麼服務態度？」那個聯誼主委又說話了。

「別刺激他了。」年紀較大的律師制止聯誼主委，他把我叫去，從口袋裡掏出五千元鈔票說：「麻煩你拜託司機車開慢一點，罰款的問題我來負責……」

年輕律師心有不甘，還要理論，可是仍被老律師制止。

我又跑去跟司機勸說半天，他終於才放慢了車速。司機並沒有收下全部五千元，他只收下了繳罰款用的三千元，退回兩千元。

「我會寄收據給他們。」司機說。

雖然旅程結束了，不過故事還沒有結束。隔天一大早我被叫進老闆辦公室，一進辦公室我就看到那個年輕律師站在那裡。老闆仔細問明了經過，不斷地跟律師笑臉賠罪。老闆說：

「你是個大律師，何必跟他計較呢，他只是個小司機啊。」

「你明明是在袒護嘛。你不怕到時候我告司機，還告你們旅行社？」

「哎啊，大律師，別生氣嘛，同樣的時間你可以賺多少錢啊，你拿這個心力去告一個小司機，還有告我們這個小公司，划算嗎？」

「這不是划不划算的問題。我們是律師，總不能不在乎正義與公理吧？」

「照你說該怎麼辦才有正義與公理？」

律師沉默地看著老闆一會兒，想著什麼似的。

「下個月我們承辦了一個國際性會議，有幾千個人參加會議，還要安排參觀旅行，少說好幾百萬元的旅遊生意吧……」他說：「這樣好了，你開除掉那個司機，我就給你一個機會。這樣公平吧？否則你說像這種旅遊品質誰敢參加？」

得到太早

說故事的是個女性朋友，現職某大企業總經理。

我年輕時野心勃勃，衝勁十足，才二十六歲就升到了協理。這在當時是破天荒的事情，以我們公司的體系，三十五歲能當到協理算是年輕的了。

我從二十六歲幹協理直到三十一歲還沒有升遷，好不容易三十二歲那年有個機會升遷副總，公司高層卻因為倫理以及年輕氣盛種種理由，升遷了另一個能力無法讓我信服的人。我當時很不服氣，隔天就遞出辭呈。不過辭呈很快被退回來了。總經理把我叫到辦公室去，對我說：

「妳暫時休兩個禮拜的假吧，有什麼事等妳休完假回來再說。」

其實我早就渴望丟下工作出去旅行了。當天我立刻請旅行社給我安排食宿。我打算從布拉格開始，一路沿著維也納、沙爾斯堡、慕尼黑往西自助旅行。隔天我就飛到了布拉格。

到了布拉格才安頓好，一出門逛街，我就碰到了那隻玩具熊。那是一隻比我還要高的玩具熊，毛茸茸的，眼睛吧答吧答的看人，可愛得不得了。我站在那裡，簡直看得著迷了。開口問老闆，才知道玩具熊是飛鏢遊戲連中三元紅心的首獎，只送不賣的。我嘆了一口氣，心想哪可能連中三元？我轉頭要走，才走了兩步，又不甘心地回頭了。我告訴自己，至少試試看嘛！

每射四支飛鏢美金一元。我就這樣買了四支飛鏢。四支飛鏢射完，不要說靶心了，連靶子都沒有射到。不過說也奇怪，四支飛鏢之後，我忽然有一種知道飛鏢該怎麼射了的感覺。我又買了四支飛鏢，用力一射，我的直覺果然沒錯，三支正中紅心，沒中紅心的那支也相當接近了。

「我贏了，」我興奮地又叫又跳，「我贏了！」連老闆也都用一種不可思議的眼光驚訝地看著我。

就這樣，我抱著一隻超大的玩具熊走在布拉格古城裡，每個人都看著我。本來我還滿享受這樣的目光，可是不久我就感覺到麻煩了。我抱著玩具熊走到郵局去，試圖打包郵寄回台灣。我和捷克的郵政人員當場比手畫腳，又丈量了半天，直到我看見他們開出來的包裹郵寄費用。詳細價格我記不清了，反正是一個叫我差點昏倒的價格就對了。

我又抱著玩具熊從郵局走了出來。同樣郵費夠我在台灣買十隻玩具熊了。問題是台灣的玩具熊沒有歐洲玩具熊可愛。再說，把這麼可愛的玩具熊丟在歐洲實在讓人有種始亂終棄的罪惡感。

我只好頂著歐洲毒辣的陽光，從布拉格、維也納、沙爾斯堡，玩到慕尼黑，一路都抱著玩具熊。玩具熊又胖又長，根本無法折疊，也無法裝箱，更無法行李托運，因此，不管搭乘任何交通工具，我都得大費周章，甚至被要求為玩具熊買票，我經常被搞得筋疲力竭，還得不時應付衝過來摳摳摸摸的兒童。總之，這趟歐洲之旅，我真是被它整慘了！

奇怪的是，反而因為那樣的折磨，讓我豁然開朗。回台灣銷假第一天上班總經理就把我叫到辦公室去了。

「都在歐洲看到了什麼？」他問。

「很多。」

「有什麼心得嗎？」

我告訴他玩具熊的故事。「我想通了一件事。」我說。

「喔？」

「我在想，」我說：「有些東西固然夢寐以求，不過來得太早，恐怕也不見得好。」

總經理聽了哈哈大笑。「所以，」他說：「妳決定繼續工作了？」

我點點頭。他放心地拍拍我的肩膀，讓我離開了。

走出總經理辦公室時我心想，其實我還滿適合這個工作的。於是我又繼續工作下去，直到現在。

人文咖啡店

這是一個開餐廳的朋友說的故事。

我曾經和朋友合夥開咖啡店，一開始那是一個夢想，有咖啡、作家、藝文活動、展覽……沒想到後來變成了天大的夢魘。

原先我投資了一百萬，後來Peter用麵包機向租賃公司質押貸款，請我當貸款保證人。起先我有點猶豫，可是朋友說是為了業務發展的需要，保證人只是銀行的例行手續，要我放心，我竟也不疑有他。後來咖啡店虧損愈來愈多，朋友也常常跟我緊急調度，說是公司跟地下錢莊借錢，對方威脅要殺他，要我可憐他、救救他……

果然咖啡店一倒閉，租賃公司立刻查封了我的住屋，要我替公司還清貸款。我試圖聯絡Peter，可是沒人知道他的下落。我無可奈何地繳清了公司的貸款，十年工作的積蓄一夕之間付諸流水。那時候太太剛懷孕，我不曉得該怎麼形容那時的感覺，說真的，當時如果讓我遇到Peter，我會毫不猶豫衝上去捅他一刀的。

我太太看我煩惱到睡不著，就要我去見一個算命師父。本來我是不信這些怪力亂神的人，可是我太太堅持我一定要去看個什麼，要不看這個算命師父，再不然就是精神科醫師，隨我選擇。我當然不肯去看精神科醫師。

我記得很清楚，那次算命師父算了我的出生年月日之後，第一句話就告訴我說：「你的劫數凶惡，能這樣破財消災已經不容易了。」

我很驚訝，沒想到他準得這麼驚人。我激動的說：

「我懷疑是我的朋友挪用公款，把錢花光了！」

算命師父點點頭，問我有沒有朋友的出生年月日。正好去年我們才替Peter過生日，日期還記得很清楚。他又算了算說：「他的情況比你更慘。」

「他有什麼好慘的呢？」

師父嘆了一口氣說：「你這個朋友注定活不過三十五歲。」

聽算命師父這樣一說，我忽然開始覺得自己這樣真的算是慶幸的了。我很快接受了當時的狀況，也放棄了去找Peter追討錢的念頭。隨著小孩出生，我和太太咬緊牙根過了一段辛苦的日子。不過，漸漸過了幾年，我們在財務上慢慢又站穩了腳步。

我一直沒再聽到Peter的消息。直到幾年後，有一天我忽然想起我們都已經過了三十五歲這件事。我有點哀傷地想著，或許Peter真的已經死了吧。

這也是為什麼，前幾天，我在忠孝東路上看到Peter從星巴克咖啡走出來時，差點訝異得當場昏倒的原因。

「Peter，」我失聲大叫：「你不是已經……」我想說的是，你不是已經死了嗎？可是我並沒有說出來。

我們站在馬路上聊了一會兒。Peter在大陸混了九年，並不順利，直到去年他終於下定決心回到台灣重新開始，目前在電腦零售業從事行銷工作。

他告訴我他很抱歉，當年他實在有不得已的苦衷。

我有點恍惚，懷疑這一切是真實的嗎？我並沒有提起他欠我的錢，就這樣地聽著Peter說話，和他交換名片，和他握手，並且告別。

兩天後我收到Peter的來信，信上他請我要相信他，他會把欠我的一切慢慢還我的……

一邊讀信，我想起我們曾經有過的理想、現實，想起算命師父的預測。那時候，我忽然理解到，我並不真的要誰死掉，我們只是都必須靠著某種對命運的假設活過來而已……

信封裡面似乎還有什麼東西。我把信封倒過來抖一抖，掉出了一張紙，我拿起來一看，訝異地發現那是一張十萬元的支票。

growing up

你管他真的還是假的

這是一個國中實習老師告訴我的故事。

有一次考完月考經過一班國二B段班，正好幾個學生在討論國文考題。雖然教的是理化，可是由於平時我老是和他們稱兄道弟，因此一看到我走來，他們興致勃勃地把我叫住了。

「老師，」一個學生問：「你知道《資治通鑑》的作者是誰嗎？」

「國文月考考這個啊？」我問。

他們點點頭。「選擇題，很多司馬什麼的，要我們挑一個。」

「《資治通鑑》的作者喔……」我說：「應該是司馬光吧。」

「確定？」

我點點頭。

「啊！」一個學生尖叫出來，轉著圈說：「被我矇到了。」

看得出來其他幾位答錯的學生愁容滿面。

「咦？」原先那個學生又有問題了，「不是有一個叫司馬遷還是什麼的，他不是也寫了一本歷史嗎？」

「司馬遷是另外一個人。」

「另外一個人？不會吧，」他嘆了一口氣說：「司馬光不是有很多字、號什麼的嗎？」

這下我總算搞清楚了，這個學生把《資治通鑑》的作者猜成司馬遷了。我說：「司馬遷寫的是《史記》，他們是不同的人。」

「不同人？」他心有不甘地問：「那……司馬遷和司馬光到底是什麼關係？」

「沒有什麼關係吧。」

「至少總該有點關係吧，拜託，一個叫司馬遷，一個叫司馬光，都寫歷史……」

「他們一個在漢朝，一個在宋朝，」我想了一下，「應該沒有什麼關係吧。」

「算了，放老師走吧，」其他學生拉著他，「你少無聊了在這裡裝用功，我們去打球吧。」

那個學生走向籃球場，邊走邊喃喃自語：「司馬光，司馬光……」走了沒多遠，忽然停了下來大叫起來：「我想到了，」他回過頭問我：「有一個打破水缸救出了同伴的神童不也叫司馬光嗎？」

「是啊。」我說。

「怎會有那麼多的司馬光呢？」

我差點要笑出來。「只有一個司馬光啊。」我說：「這兩個司馬光本來就是同一個人。」

「怎麼可能？」他一臉不敢置信的表情，「司馬光不是小孩子嗎，小孩子怎麼可能寫出《資治通鑑》？」

「喂，別忘了小孩子也會長大的，」我苦笑著說：「司馬光可冤枉了，他這輩子花了十九年寫《資治通鑑》，你竟只記得他小時候打破水缸救小孩的事。」

「真的，沒騙我？原來他並不是因為打破水缸才偉大的……」他好像受了什麼打擊似地，喃喃地唸著：

「哎呀，國文怎麼這麼麻煩，司馬遷寫《史記》，司馬光寫了……完蛋，又忘記了。」

他抬起頭問：「你剛說司馬光寫了什麼？」

「我剛可沒說司馬光寫了什麼，」我反駁他，「是你說的。」

「哎呀，拜託、拜託啦，你是老師嘛，司馬光到底寫了什麼？」

我終於忍不住大笑了起來。「我可是理化老師喲，」我逗他說：「我說，司馬光寫的是『光譜』。」

「光譜？」學生眼睛睜得更大了，「司馬光還寫了『光譜』，真的假的？」

看到他完全聽不出我的玩笑，我可真是徹底被擊敗了。為避免學生誤解，我決定非得鄭重澄清不可。

沒想到還沒開口，急著打籃球的學生已經把他拉開了。

「反正月考都考完了，」他們又笑又鬧，「你管他是真的還是假的……」

好人好事比賽

這回說故事的是一位兩個孩子的媽媽。

我們家老大今年國小六年級。他被指派為班上好人好事代表參加競賽時，整整煩惱了一天。

「我終於發現，」他指著報名表的事蹟欄，痛苦地說：「原來我這輩子從沒做過什麼好事。」

「不會吧，」我鼓勵他，「你可以從生活周遭開始想起啊，想想看你是不是曾經幫爸爸、媽媽或者是妹妹做過什麼事？」

「去便利商店買牛乳、收拾碗筷，那些都只是小事，根本不會得獎。」老大抱怨著。

「做好事的目的本來就不是為了得獎……」

我正自顧嘮嘮叨叨時，他忽然叫了起來：「啊，我知道該怎麼辦了。」說完連蹦帶跳跑回房間去。過了一會兒，他揚揚得意地拿著寫好的事蹟出來展示：

我妹妹平時很頑皮、貪玩，又不喜歡做功課，難怪月考的成績總是不好。看見她老是惹爸爸媽媽生氣，我心裡覺得很難過，於是下定決心要幫助她。我勸告妹妹不要太頑皮，可是她不聽我的勸告。我一點也不灰心，仍然指導她做數學、國語，以及許多功課。最後我終於感化了她。

在我的教導之下，妹妹進步愈來愈多，終於在這次月考，得到了第三名。爸爸媽媽很高興，覺得我真是做了一件好事。

我們一邊談著，正好就讀三年級的妹妹走了出來。她順手拿過那張好人好事事蹟去看。不看還好，一看簡直都快哭出來了。妹妹一張嘴翹得半天高，大嚷著：「人，家，哪有這樣？」

老大皺著眉頭，連忙安慰她：「好人好事嘛，妳就幫幫忙，假裝是這樣。」

「哪有這樣的事，你好人好事，我頑皮，貪玩，不做功課，惹爸爸媽媽生氣……」

「那是過去嘛，有了對照，人家才知道現在妳進步這麼多啊。」

「你根本就是在騙人，說什麼我不聽你的勸告，又被你感化。」

「這是認定的問題啊，我覺得我感化了妳，妳說沒有我也沒有辦法……」

「這種事蹟，你以為我不會寫是不是？」妹妹不高興了，說完，咚咚咚也跑回房間去。過了不久，她也拿著寫好的日記出來展示：

我的哥哥最好笑了。他從來不做好事，可是卻被老師選派參加好人好事比賽。他想不出什麼好人好事的事蹟，最後他看我月考考第三名，跑來求我。他打算說他勸我用功，還教我要讀書，又說我之前頑皮、貪玩，不喜歡做功課，常惹爸爸媽媽生氣，現在變好了全都是他的功勞。其實那都是騙人的，這次月考根本是我自己的努力，我也從來不惹爸媽生氣。可是看他那麼煩惱，最後我還是答應他，讓他把我的成績當成他的功勞。爸爸媽媽很高興，稱讚我才是真正的好人好事。

「我又沒有去求妳！」老大忿忿不平地說。

「我也學你啊，」妹妹說：「這是認定的問題……」

最好笑的是學校老師覺得這篇日記寫得很好，也發給妹妹「好人好事」報名表，要她代表班級參加「好人好事」比賽。

一個多禮拜之後，比賽成果公布，每個年級各有三名優勝者，結果兩個小孩都入選了。

「怎麼可能兩個人都入選呢？」我問。

「高年級和中年級本來評審老師就不一樣。」老大懊惱地說。

現在兩個小孩可開始煩惱了。「怎麼辦呢？」他們異口同聲說：「明天全部的事蹟就要貼在公布欄上了。他們會不會認出來我們是兄妹？」

天生一對

我妹妹有一次聽信別人的秘方：用蛋白洗頭，可以使頭髮變得烏黑亮麗。我本來以為她只是說說，沒想到她真的千方百計收集了許多蛋白。

她跑到浴室去，先把頭髮弄濕，接著再把蛋白倒在頭上，她仔細搓揉了半天，一副很享受的模樣，最後她打開熱水沖洗。

結果蛋白遇熱凝結，她的頭髮當場變成了蛋花湯。

還有一次，她宣稱發明了一種快速冰淇淋製造法。

她先打開冷凍庫，在結霜的冰上加糖之後，用很莊嚴的表情向大家宣布冰淇淋完成了。

接著她用舌頭去舔冰淇淋，結果舌頭黏住了。

我們全笑痛了肚子，以至於讓她嗯嗯嗯地在那裡叫了半天，還沒去救她。

又有一次家裡抽獎得到一台計算機，由她率先使用，她先按二十二減十一。

「咦，怎麼按完十一之後它就不動了？你看，螢幕上永遠是十一，」她不相信，又連試了好幾次，「你看，每次出現十一機器就當機了。」

廢話，二十二減十一當然等於十一，十一就是標準答案啊。我爸爸聽了之後，接過計算機煞有介事地又按了一次計算機。

「真的耶，」爸爸說：「當掉了。」

最好笑的是他東試西試之後，發現什麼天大的秘密似地。

「哈，抽獎得到的東西果然沒好貨，」他大聲跟我妹妹說：「妳看，連二十二也有一樣的毛病。」

我跑過去，他很得意地連算了二次給我看。四十四減二十二。果然不管怎麼按，計算機就是停在二十二，再也不會動了。

這就是你

有一次我們在客廳一起看一段訪談，那是關於〈阿蘭費茲吉他協奏曲〉的西班牙作曲家羅德里哥的訪談。羅德里哥那時候九十多歲了，在美麗的吉他樂聲中，羅德里哥的女婿，同時也是吉他演奏家羅美洛說了一個關於羅德里哥動人的故事。

「有一天半夜醒來，我發現羅德里哥孤獨一個人坐在黑暗裡。他抓住我，用一種疑惑的眼神激動地問我：我是誰？我不知道該怎麼回答他，於是坐下來用吉他開始彈他寫的樂曲。我告訴羅德里哥：這就是你。他聽著吉他，終於漸漸地安靜了下來。」

正當我們深為這個故事感動時，我那讀小學三年級的兒子忽然表示他很能理解這樣的意境。

「昨天下午第一節課已經開始了，我才從午睡醒來，我的感覺就像羅德里哥一樣，不曉得自己是誰，」他意味深遠地說：「後來老師來了，開始發昨天的考卷。發到我的考卷時老師對我說：看看，這就是你。我一看到考卷上不及格的分數，整個人就像羅德里哥一樣，立刻清醒過來了。」

離家出走

我常常聽到女性朋友想要離家出走，卻很少聽過男性的故事。以下是我聽到的第一個。

快三點半了，我從銀行提領了家裡僅有的一百萬元現金。

「需要紙袋裝嗎？」銀行行員問。

我搖了搖頭，把錢拿在手裡往外走。我當然知道錢財露白有危險，可是我的心情實在管不了那麼多了。這樣的衝動已經有好幾次了。每天走同樣的路上班下班，日復一日。我常常會想，每天都在拚命賺錢，哪一天才能逃離這一切，好好地去花錢……

我走到停車場，打開車門，把錢丟到前座，發動引擎，把車開上高速公路，我加快車速，挑釁別的汽車。我試著靠速度忘卻身後的一切。大部分的車都避開我的挑釁，偶爾也有幾部車識趣地和我競飆一陣。沒有什麼驚險的畫面，更沒有任何警察的干涉。不知開了多久，天色漸漸暗了下來。我把車開下了高速公路，停進路邊的汽車旅館。

辦好了住房手續，我撥了電話給太太。

「別擔心我，我只是想一個人單獨走走。」我告訴她。

「你什麼時候回來？」在電話中她問我。

「我也不知道。我從銀行領了一百萬元，」我沉默了一會兒，她也不說話。我說：「每天都在拚命賺錢，從來也不曉得是為了什麼……」

掛上電話，我打開電視。一則新聞正報導著關於自殺率節節上升的消息，一個精神科醫師則提醒大家，憂鬱症的前兆包括了對事物冷漠、麻木，食慾不振，莫名其妙感到悲傷……

聽著聽著我懷疑了起來，男人過了四十歲，前有事業競爭、經濟壓力，後有家庭、子女的負擔，誰沒有那樣的感覺呢？難道我們已經變成了每個男人都應該得到憂鬱症才算正常的社會嗎？

第二天我開著車子在中二高飆了一陣。雖然我試著想花錢，除了加油、午餐的費用以及買了一包香菸之外，我實在找不到什麼引起消費慾望的東西。

「我不在時，妳都做些什麼？」第二天晚上的電話中我問太太。

「想想你說得很有道理，」她說：「每天都在拚命賺錢，為這個忍耐，為那個忍耐……所以我決定去百貨公司買東西犒賞自己。」

「妳哪來的錢？」

「我可以刷卡啊，你忘了，我有副卡，」她說：「我買了一雙皮鞋，一件大衣，還有一個皮包……對了，你什麼時候回來？」

「讓我再想想吧。」我說。

第三天我開著車在雪霸國家公園附近的山區繞來繞去。雖然我很想好好花錢，可是我能花的一樣只是油錢、餐費。此外，到了晚上行動電話沒電了，我還買了一張電話卡打電話給太太。

「我今天心情更不好了，」她說：「我心想，孩子也夠可憐的了，每天被我們逼著讀書，索性帶他們去買東西，我給老大買了一雙Nike球鞋，老二買了

ＰＳ２……然後我又開始買衣服，我知道不應該這樣，可是我沒有辦法啊。我買了手錶、衣服還有很多東西，最後根本提不回家了，百貨公司的經理還好心地派人專程幫我送東西……你不會生氣吧？」

我沉默了一下，不是生氣，而是一種茫然的感覺。

第四天我本來想去看海的，可是我坐在海邊，再也看不下去了，負債的恐懼很快席捲一切。

我回到家時，甚至沒動用到領出來的一百萬現金。離家出走的代價顯然不小，一進門我就看到了包著百貨公司包裝紙的紙盒，大包小包地堆在客廳還沒打開。

唯一值得慶幸的是：太太還沒出門逛百貨公司。

畢業典禮

這個故事是從一個小學生那裡聽來的。

昨天放學時老師特別交代，今天是畢業典禮，要大家穿最正式的服裝出席。結果一大早我們全穿襯衫打領帶來了，只有山田那傢伙穿了一身烏鴉鴉的衣服，看起來好像電影上的戲服似地。班上同學全搞不清楚那是什麼名堂，最後還是他自己說了我們才搞清楚，那是正式的日本學生制服。

山田的名字叫作山田浩一，他是五年級才轉進我們班的轉學生。他爸爸是日本人，媽媽是台灣人。本來他在日僑學校讀得好好的，後來不知道怎麼回事，他的爸媽就決定讓他讀台灣的公立小學。照說他的年紀應該讀國中了，可是他的中文程度不是很好，只好先從五年級開始讀起。

山田一轉進來就被分配到我的座位旁邊，很快就和我們打成一片了。不過這傢伙很煩，常常動不動就愛說日本有多麼進步，多麼乾淨，台灣多亂又多髒，有時候還真讓人受不了。

在山田轉進來我們班之前，我對日本其實是沒有什麼概念的。老實說，山田老是說日本有多麼厲害的話我並不相信，因為他這個人太愛吹牛了，好比說每次月考前，他動不動就跑來說：

「嘿嘿，這次你數學一定會被我痛宰的。」

結果每次都是他自己被痛宰。

畢業旅行時，山田帶了一大箱電動卡帶借給大家。他的卡帶種類又多又先進，不但如此，一談到電動，舉凡破關秘訣、版本、機器好壞……他無不精通。最好笑的是晚上，他帶領全班男生躲在旅館房間裡面看電視的日本鎖碼頻道。結果那天不知怎麼回事，等了半天都等不到山田說的那種「好看」的節目，大家都快睡著了，只有他一個人喃喃唸著：

「奇怪？我家的電視明明有的。」

我記得後來我迷迷糊糊睡著了，等我被山田叫醒的時候，電視在播映摔角。

「這個也很好看。」他說。

我實在很睏了，可是山田卻仍然興致勃勃，把這個摔角選手怎樣、那個摔角選手怎樣如數家珍地說個不停。總之，吹牛、電動、鎖碼頻道、摔角，這就是山田和他口中的那個厲害的日本給我的印象了。

所以，當今天畢業典禮看到山田這個散漫的傢伙穿得這麼正經八百時，我們全嚇了一跳。更奇怪的是，山田今天完全變了一個人。一大早我們排練領獎時，大家嘻嘻哈哈地開玩笑，山田就很不高興，板著臉孔說：

「今天這麼重要的日子，怎麼可以這樣亂七八糟呢？」

後來正式典禮開始，校長致辭說錯了話，大家笑得前仰後合的，只有山田不笑。他嚴肅地向同學比著安靜的手勢。

「畢業典禮就是讓我們表達感謝師長、尊敬師長的日子，校長是我們的師長，」他表示：「就算校長說錯了，我們也不應該笑。」

我們本來以為他又在搞笑，開始捉弄他，好讓他現出原形，可是他完全不為所動。到了畢業生向師長致謝禮時，大家全都意思意思地點了個頭，只有山田誇張地彎腰行九十度禮，至少停了十秒鐘那麼久。

「台灣的畢業典禮為什麼這麼隨便呢？」山田感嘆著。

那時候，我才明白他的正經其實是真的。畢業典禮一直在一種吵吵鬧鬧，有點像菜市場的氣氛之中進行。最後唱畢業歌時，只有兩個人哭了。

一個是導師，一個是山田。

父親的病情

有一陣子，我的朋友忽然消失了一陣子。原來是他父親生病了。後來他父親的病情似乎有些進展，於是他又出現了，跟我們說了這個故事。

在我印象中，父親是個嚴肅的人，他像座山一樣的強壯、高大，也永遠和我們有個很難跨越的距離。不過這個情況在他最近剛中風時，有了一些轉變。

這段時間我們輪流照顧他。在幫他梳洗時，我開始可以親密地拍拍他的額頭，捏捏他的臉，偶爾也抱抱他，雖然他的目光有一點呆滯，可是你可以感覺到他很高興，露出舒服、滿足的表情。我印象最深刻的一次是我請他吃冰淇淋，他快樂地舔著冰淇淋，舔到一半時，竟然像個小孩一樣把冰淇淋挪到我的眼前，問我要不要吃一口？總之，那是一種我從來沒有體會過的親密關係。

父親的病情進步得很快，一個多月之後的某一天，我仍然像往常一樣地對他拍拍、捏捏、揉揉，正當我要抱他時，他突然防衛性地退縮了一下。他的眼神似乎完全從呆滯中恢復過來了，用我所熟悉的那種嚴父的口吻問我：

「你在幹什麼？」

被他這麼一問，我當場愣在那裡。我記得很清楚，他是從那一刻開始恢復回原來那個嚴肅的父親的。

從某個角度來說，我告訴自己，我應該很高興他漸漸康復了才對。可是我常常也會有種說不上來的失落感，看著他漸漸康復，竟然不知道應該高興還是難過才好。

邂逅

故事是一個健談的先生說的。太太就倚在先生身旁，邊聽邊點頭。

我年輕時曾讀過一篇關於在京都喝酒的文章，作者書寫關於鴨川附近的先斗町那排可以邊喝酒邊看河水的居酒屋，以及在那裡喝酒的情境。根據書上的形容：「入夜之後，你可以沿著居酒屋一家一家喝過去，等喝到八、九分醉，再搖搖晃晃走到垂柳淌水的河邊，恣意地把腳泡在水裡，醉眼望向河邊小橋……」

光是想想都已經夠迷人的了，更何況泡在鴨川的河水裡，小橋這頭是傳統的木造小屋，對岸則是安藤忠雄設計的前衛時髦的服裝店，京都介於傳統和現代之間。一陣微雨飄來，藝妓橋面搖曳而過。京都那麼地撲朔迷離、真實夢幻，自然又做作……我為之深深著迷，並且暗自發誓，這輩子一定要到先斗町大醉一場。為了籌措旅費，我一下班就到處兼差。

我花了一年的時間，終於存夠了錢，飛到京都去。等我到了先斗町之後，我才發現現實和書上寫的似乎有些落差。

首先，書上並沒有提到居酒屋的費用。我走進第一家居酒屋，一看到價錢，心涼了一半。（隨便一盤燒烤竟要上千塊新台幣！）忍痛叫了幾個燒烤，以及一小瓶清酒。喝完清酒，好不容易有一點點酒意，一看到帳單（將近這趟旅行三分之一的預算），整個人全清醒了。走出居酒屋，我對作者一點信心也沒有了，才喝一家就快傾家蕩產了，真不知道，誰有那麼多錢像書上說的「從三条通一路喝到先斗町通底的四条」？

我心想：既然沒錢，那就把腳泡在河水裡吧。

於是我買了便宜的啤酒，走到河邊，才發現河水離堤岸其實還有一段距離。楊柳全種在河邊的堤岸上，因此，根本沒有所謂的「垂柳淌水」這回事。

（什麼嘛，我心裡想著。）

勉強走下堤岸來到河水旁。少了楊柳，鴨川的河水和一般的排水溝根本沒有什麼兩樣。我在河灘上走來走去，試圖體會一下撲朔迷離、真實夢幻的感覺。結果無論我怎麼嘗試，不管從什麼角度，只要看到傳統，就看不到現代；只要有真實，那就沒有虛幻。我一點也不知道怎麼樣才能把文章內的景色全湊合在一起。

天氣又冷又涼，橋面上一個行人都沒有。更別說是藝妓搖曳的身影了。雖然有點失望，但我還是下定了決心，無論如何非得把腳泡到河裡去不可。都那麼遠跑一趟了，我心裡嘀咕著。

於是我脫下鞋，捲起褲管，慢慢把腳泡進河水裡去。儘管河水有點冰涼，可是我一點都不介意。我打開啤酒，狠狠地喝了一大口。我開始有些得意了，至少這是到目前為止唯一順利的事情。我又忘情地喝了第二口。等我喝到第三口時，一個日本人搖搖晃晃走來，一邊唱著歌，一邊嘰哩呱啦對我不知說些什麼。我正想著一定是個醉鬼時，他已經走到上游處拉開褲襠，然後，我簡直快昏倒了，他竟開始小便……

你大概不難想像我落荒而逃的狼狽模樣。一趟夢想中的浪漫之旅活生生變成了幻滅之旅實在夠鬱卒的。不過旅程並沒有這樣結束，我在回程飛機上碰到了一個跟我一樣鬱卒的女孩子，正好坐在隔壁。

「怎麼會一個人到日本旅行呢？」我才一問，她就牢騷滿天。原來她也是看了某篇浪漫的文章，跑到北海道去了。聽完之後，我哈哈大笑，第一次發現原來這個世界上還有跟我一模一樣的人。我立刻也把我的故事告訴她。

當時我一點也沒想到那個女孩後來會變成我的太太，可是我們就這樣邂逅了。

謝謝你給我很大的幫助

我很喜歡廣播節目主持人回答聽眾的疑難雜症的部分，不管是問題或者是回答都很吸引我。我認識很多廣播節目主持人，故事就是其中一個人告訴我的。

我的節目每天有十五分鐘的時間固定要回答聽眾來信。通常我會放音樂襯底，唸來信內容，然後再加上我的回答與建議。這年頭大家都懶得寫信，因此聽眾的來信不多。由於我的聽眾主要是青少年，就算有來信，問題也多半千篇一律，疑難雜症全集中在情感、課業還有家庭問題上。這其實是我的節目裡面最沒有創意的一段，可是不曉得為什麼，節目部告訴我這段時間的收聽率最高，因此雖然我不怎麼喜歡，也只能繼續做下去。

有一次，我收到一封這樣的來信。這封信是用種可愛的信紙寫來的，最後的署名畫了一個可愛的小女生在哭泣。詳細的內容我記不清楚了，不過信的大意是這樣——

親愛的主持人你好：

我是一個高三女生，雖然目前面臨聯考的壓力，但是我仍然是你忠實的聽眾，每次聽你的節目，我就覺得很輕鬆。最近我和隔壁班一個男生走得很近。本來我們不熟，由於他也是貴節目的聽眾，後來我們慢慢就熟悉起來了。我和他的成績都很好，放學以後我們常常一起到圖書館溫習功課。我爸媽和他的爸媽並不反對我們在一起。

不過自從我們在一起唸書以後，彼此的成績都退步了。我從班上第二名退步到第十一名，他也從第一名退步到第八名。我的爸媽很緊張，認為這樣繼續下去不行。我們兩個人也單獨聊過好幾次，也都認為聯考快到了，我們應該各自好好準備考試，彼此最好暫時不要再見面了。

我最近常常讀書不專心，每次聽你的節目，我就想起他。我想我是不是暫時也不要收聽你的節目了，等到考完試之後再來聽？我好痛苦，你說我該怎麼辦才好？

我在節目中唸了這封信。照說唸完之後該是我的回答，可是我忽然覺得很厭煩。一方面我很懷疑自己的答案能幫上什麼忙，另一方面，這個小女生其實都有想法了，不曉得她為什麼還這麼大費周章寫信來。

於是我決定重唸一次她的信。「我希望妳好好地再聆聽一次自己的問題，」我說：「這就是我的回答。」

那時候聯考制度還在，我唸信的時間大約是五月。八月大學聯考放榜，我幾乎都忘記這封信時，這個小女生又寫信來了，她說：

謝謝你上次給我的回答。雖然我和那個男生並沒有在同一個學校，但是我們都考上了前三志願。謝謝你給我很大的幫助，真的。

現在我們又可以繼續收聽你的節目了。

或許是因為這封信的原因，這個女孩子變成了我的節目忠實的聽眾，還常寫信來節目之中。我雖然沒動什麼腦筋，不過對於能幫上忙還是很高興的。大約是一年多以後吧，我終於在一次聽友會的聚會中見到了這個女孩子。我忽然好奇地問她和那個男生的近況。

「他噢，好久沒聯絡了。」

「你們沒在一起了？」

「他不曉得都換過幾個女朋友了。」

「妳覺得傷心嗎？」

「怎麼會呢？」她用一種奇怪的眼神笑著看我，「哎呀，我也換過好幾任男朋友了啊。這什麼時代，你別老古板了好不好？」

櫻桃的滋味

伊朗導演阿巴斯曾在電影裡講過一個故事，對我影響深遠，因此我很樂意再講一次。

有個人覺得自己再也活不下去了，他爬上一棵櫻桃樹，準備從樹上跳下來，結束自己的生命。就在他決定往下跳的時候，學校放學了，成群放學的小學生走過來，看到他站在樹上。

一個小學生問他：「你在樹上看什麼？」

總不能告訴小孩說走開，我要自殺吧？於是他說：「我在看風景。」

「你有沒有看到身旁有許多櫻桃？」小學生問。他低頭一看，發現原來他自己一心一意想要自殺，根本沒有注意到樹上真的結滿了大大小小的櫻桃。

「你可不可以幫我們採櫻桃？」小朋友們說：「你只要用力搖晃，櫻桃就會掉下來了。拜託啦。」

這什麼日子啊？連想自殺都不順遂。想自殺的人有點意興闌珊，可是又違拗不過小朋友，於是他只好在樹上又搖又跳。很快地，櫻桃紛紛從樹上掉下來。小朋友興奮極了，全都快樂地在地面上搶著撿拾櫻桃，吃得津津有味。放學的小朋友走過來了，孩子愈聚愈多。

等櫻桃掉得差不多，一陣嬉鬧之後，小朋友才漸漸散去。

失意的人坐在樹上，看著小朋友們歡樂的背影，不知道為什麼，自殺的心情和氣氛全都沒有了。他有點無奈地採了些還在樹上的櫻桃，慢慢爬下了櫻桃樹，拿著櫻桃走回家裡。

想自殺的人回到家。一樣的老婆和小孩、一樣的破舊，一樣的問題與煩惱，唯一不同的是孩子們看到爸爸帶著櫻桃回來，全開心得又叫又跳。

晚餐時大家快樂地吃著櫻桃。想自殺的人忽然有一種全新的體會。固然生命從不曾美好，然而他想著，或許靠著這樣，人生還是可以活下去的吧……

故事就是這樣了。後來我常常把這個故事告訴別人。咒語似地，這故事有一種很神奇的魔力，它讓許多人發現原來自己心中也有一棵櫻桃樹，它一直在那裡，只是你沒有發現而已。不但如此，每個人都有能力採下來一些櫻桃，和別人分享。櫻桃雖然只長在心中，可是滋味卻很真實。

最神奇的是，你愈是那樣和別人分享，樹上的櫻桃就愈長愈多，並且滋味更加豐富。

money

魚

本來是吃飯時有人提到法國的馬賽魚湯，後來話題跳到了黑鮪魚的價格，接著是新台幣一萬多元的日本活魚生魚片……不知道為什麼，大家紛紛開始談起自己吃過最貴的魚。

「有一陣子不是流行養紅龍嗎，說是會招財進寶。我那時候美容院才剛開始沒多久，也跟著流行，在家裡養了一缸紅龍。我第一次養魚，沒有什麼經驗，直接就把紅龍養在水缸裡，除了餵牠吃以外，什麼都沒有。到了冬天，紅龍變得奄奄一息，我趕快打電話去問朋友，朋友告訴我水溫太冷了，要給牠加溫才行。那時候有加溫設備的水族箱從訂製到送來要好幾天，我心想，等水族箱送來紅龍早就凍死了，於是突發奇想找來電湯匙放在水族箱裡加溫。一邊加溫，正好美容院來電話說市長夫人要來做頭髮。一聽到市長夫人光臨，我顧不得一切，立刻趕過去招呼。等我花了二、三個小時終於功德圓滿地把她的頭髮弄好準備要回家時，這才想起，糟糕，電湯匙還泡在水族箱裡加熱……」

美容院老闆娘回到家，紅龍已經煮熟了，她只好請了朋友，當場把那隻價值十五萬元的紅龍一起吃掉。聽到這裡，在座的人不約而同發出了一陣嘖嘖之聲。就在一片哄鬧中，另一個朋友說：「我吃過更貴的魚。」

「真的假的？」

「那是一條台灣鱸魚，我才吃了沒幾口就被魚刺鯁到了，最後整個胸口燒痛起來，送到急診室時醫師說情況危急，得用內視鏡把魚刺夾出來才行。於是我莫名其妙地被送進了開刀房。等我醒來，身上插了鼻胃管，由於嚴重的食道裂傷，就這樣在醫院住了三個禮拜。全靠鼻胃管餵食。出院那天帳單來了一看，足足有二十多萬元。」

「天啊，」大家公推這條魚是冠軍了，「還真是貴。」

「最虧的是，」他冷酷地說：「那麼貴的魚只吃了一半。」

寶石

這回講故事的朋友是個信仰密宗的佛教徒。

經過長途跋涉，我們的朝聖團終於在西藏的羊措雍湖畔見到了上師。依照儀軌，我們對上師頂禮膜拜，並且一一獻上供養，上師也一一祝福回應。

密宗所謂的供養，其實只是隨意歡喜，表示對上師的尊敬。不過輪到莎菲女士頂禮時，她的隨行秘書捧出了精美漆盤，漆盤裡從紅寶石、藍寶石，到翡翠、瑪瑙……全是璀璨奪目的寶石，那可就誇張了。我一點也沒想到會在朝聖團遇見莎菲女士，在這之前，我只在《商業周刊》上看過她。除了一些感情不順遂的八卦外，雜誌上報導的多半是她如何成功地在股票、期貨以及房地產砍殺賺錢的故事。

其實那些寶石，幾天前在成都飯店過夜時，她早就對我們展示過了。一邊展示，她還專家架式十足說了許多寶石知識，正好當時我戴著翡翠。那本來是出國觀光買的紀念品，只是戴著好玩，沒想到莎菲女士一看翡翠，立刻研究了半天，當場向大家宣布我手上的翡翠是屬於「B貨」。

「這種B貨本來是低檔的翡翠，用強酸把雜質雜色去掉，再加以處理的。雖然玉質是真的，但是寶石的結構已經被破壞掉了……」

她裝模作樣地說，像我手上這種次級品，就不適合供養上師。聽她這麼說，我簡直快昏倒了，誰說要供養上師了？不過我很快明白，她那麼說無非只是想突顯自己的寶石而已。總之，這就是我和莎菲女士第一次不愉快的經驗了。因此，當莎菲女士當著大家面前獻上珍貴的寶石給上師時，你大概不難想像我內心的感覺。

獻完寶石之後，莎菲女士起身到上師身旁耳語。上師沒說什麼，只是笑咪咪地點頭，並且要大家坐下來。我注意到了莎菲女士直接就在最靠近上師的正前方坐了下來。那本來不是她的位置，可是在那麼昂貴的奉獻之後，似乎大家都同意應該為她空出貴賓席似的，席地而坐的人開始以她為中心，向兩邊挪移。就這樣一個人一個人挪，一直挪到了帳篷外。我也被迫挪動了一個位置。說實在的，我很不服氣，憑什麼供養寶石就有特權把別人擠到更後面？

緊接著上師開始唸經持咒，為大家灌頂加持。我們也跟著上師持咒，到了接近尾聲，上師要我們起身隨他沿湖繞行，做功德迴向。果然莎菲女士又一馬當先，得意地跟在上師的後方。

上師一邊唸著經文，一邊把米糧撒向天空，也撒向湖裡。等到米糧撒完之後，上師又對天地祈拜。接著他拿起了莎菲女士供養的寶石——不可思議地，開始把寶石往湖裡丟……

一時之間，莎菲女士臉上的表情變化萬千。她受到了驚嚇似地試圖阻止，可是又說不出來，只聽到她喉嚨不斷地發著：「啊，啊……」的聲音。

一顆一顆的寶石落在湖面，發出噗通噗通的聲音，激起陣陣漣漪。莎菲女士就這樣看著上師把寶石往湖裡丟撒，直到寶石沉入湖底，全部消失為止。

故事就這樣。我也不知道我想說的到底是什麼，不過我永遠都忘不掉那天莎菲女士臉上焦急的神情以及上師莊嚴的表情，兩者之間強烈的對比。

牛排的滋味

股票族講的多半是數字的起伏，很少有什麼情節。這個朋友講的這個故事不太一樣。

一九九六年台灣的股票市場大多頭的時候，我的朋友帶我到證券公司開戶。那家證券公司在十五樓，樓下就有一家專賣牛排的西餐廳。經過西餐廳時，我的朋友告訴我，那家餐廳最便宜的牛排一客兩千元，最貴的牛排甚至一萬兩千元都有。我直覺反應就說：「哪有人神經病到要吃那麼貴的牛排？」

那時候股市流行的賺錢真訣是：「隨時買，隨便買，不要賣。」我跑去問朋友該買什麼？他就告訴我：「台積電、聯電啦，反正你隨便買就是了。」

我聽他的話，拿出銀行的定存買股票。第一次買股票，果然一個月不到就賺了十萬元。我的朋友說：「賺那麼多錢，一定要請客啦。」

那是我第一次走進那家西餐廳，和朋友各點了一客兩千元的牛排。

之後，我拿出更多定存買股票。我花很多時間參加股友社、聽演講，甚至還去上什麼線形分析、基本分析的課程。隨著認識的朋友愈來愈多，我很快就明白，在台灣做股票，最重要的是消息。一九九七年股票漲到一萬多點，我賺最多的一次是從朋友那裡聽來的內線消息。我發狠買了一千多萬元的股票，之後股價連續三天漲停板，讓我賺進了兩百多萬元。

那是我第二次走進那家西餐廳。那次一共請了八個朋友，每個人都點了一萬兩千元的牛排。當時我喝得有點飄飄然，結帳時連同紅酒加在一起一共是十幾萬元。我早忘記牛排的滋味了，只記得拿到帳單時，自己不斷喊著：「便宜，便宜！」

九八年東南亞金融風暴，台股從一萬多點跌回六千多點，拜消息靈通之賜，我並沒有受到太大的傷害。九九年行情又開始回升，我信心滿滿，放膽量開始大作融資，果然隔年指數就衝上了萬點。二〇〇〇年大選後，股價稍跌。七月初加權指數還有八千多點時，朋友又給了我一支明牌，並且信誓旦旦地保證是：「董事會開到一半，大股東上氣不接下氣衝出來打手機告訴我的。」

很不幸，股票一買進，隔天就開始跌。我一點也沒有警覺那可能是內線殺內線。朋友勸我要有耐心，我不疑有他，繼續融資加碼。那年股價一路下殺，我有些驚慌失措，可是又不甘心我傾所有之財力買進的股票就這麼斷頭，於是繼續向朋友借錢繳融資。我以為憑藉意志力可以扭轉一切，沒想到七月底八掌溪事件，九月宣布核四停建，股價跌勢根本停不下來。我硬撐了兩個多月，直到所有的朋友見到我全避之唯恐不及，我不得不終於接受了股票斷頭的命運。

那天走出證券公司時，除了口袋的一萬多元現金外，我已經一無所有了。也許有點自憐自艾吧，經過西餐廳時我不甘心地想著：「一千多萬都虧掉了，一萬二的牛排又算什麼？也許以後沒有機會了，就當作是個紀念吧。」於是又走進了那家西餐廳。

吃完牛排，我只剩下坐計程車的錢了。

坐在計程車上，我忽然記起了自己曾說過：「哪有人神經病到要吃那麼貴的牛排？」的話。

那大概是我最後一刻還清醒的時候吧。我不知道覺得可笑還是活該，就這樣一個人在計程車後座笑了起來。

劉董事

有一回和一個路邊攤的老闆娘閒聊。她問我有沒有聽過一家上市公司的名字，我說有。「我當過那家公司的董事。」老闆娘說。以下就是她說的故事。

我做過很多工作，不知道是不是個性或者是運氣使然，每個工作都不長久。有一次我面試新工作，談到一半時，忽然有個人笑吟吟地從裡面的辦公室走出來，問我知不知道他是誰？我一看到原來跟我面試的那個人畢恭畢敬的站起來，立刻就猜到了。我說：

「你一定是老闆。」

「妳知道我的名字嗎？」他笑了笑。

我搖搖頭，心想完蛋了，我根本不認識他。

「妳再想想看，」他說：「我可很有名喔。」

我低著頭猛搖，只覺得自己好丟臉。沒想到老闆很滿意。

「好了，」他說：「就是這個人。」

後來我才知道他在辦公室的監視器可以看到應徵的人，而不認識他就是我得到這個工作最重要的理由之一。我的工作是照顧老闆八十幾歲的母親，薪水一個月三萬多元，管吃管住，條件還算不錯。老闆雖然事業很大，可是每天都會來看他母親。我每天都跟老闆報告他母親狀況，有時也會告訴他今天又帶他媽媽到哪裡去，都去做什麼……通常老闆都很有耐心地聽我報告，有時候也會問我一些問題。

後來老闆跟我說話的時間愈來愈長，他多半是聊很多日常生活，他喜歡什麼啦，不喜歡什麼這類的話題。

很多人都很羨慕我，說我是公司唯一有機會每天見到老闆，跟老闆講話的人。我覺得很奇怪，老闆雖然有那麼大的公司，可是他實在是個很孤獨的人，連個好好講話的對象也沒有。我真不曉得能夠每天跟老闆說話有什麼好羨慕的。

一年多之後，有一天吃完晚飯老闆突然問我晚上有沒有事，要帶我出去走走。我很高興，特別挑了一套自認最好的衣服穿出門，沒想到老闆一見到我的打扮就皺著眉頭說：「怎麼來這裡一年多了，穿衣服還這麼土？」

於是他帶著我到服裝店去。他說：

「今天我心情好，衣服只要喜歡妳隨便挑。」

我的老闆是個單身漢，我知道他有不少女朋友，也聽說過他給女朋友買衣服出手非常大方。我生平第一次碰到這種奇遇，興奮得心臟都快跳出來了，不過我還是很節制，一共只挑了三套衣服。後來我才知道那只是一家專賣年輕上班族的成衣店。儘管這樣，我還是很高興。

逛完服裝店之後我本來以為還有別的節目，沒想到竟然這樣就結束了。回到家裡，他要我把最後那套套裝穿出來，還問我有沒有像樣的公事包？我立刻換上衣服，拿出自己唯一的那個包包。他一看皺了皺眉頭，跑進去房間，不知從哪裡找出一個公事包，拍了拍灰塵，遞給我說：「明天一早妳就穿這樣，拿這個公事包，司機會來接妳去開董事會，從現在開始妳就是劉董事了，懂不懂？」

「劉董事？」我嚇了一跳，「可是公事包要裝什麼，還有我要說什麼……」

「妳只要穿這樣，拿這個公事包就好了。什麼都不用做。」他說完轉身就走了。

隔天我穿了新套裝，還帶了公事包。果然一出門司機已經打開車門，站在車門口迎接我了。

「劉董事早。」

雖然我自己很想笑，可是大家都是玩真的，包括公司警衛，許多穿著西裝的人都對我鞠躬，客氣地稱呼我劉董事。我本來很緊張，後來我才明白，原來董事只要舉手表決就可以了，反正老闆是董事長，他怎麼舉我就跟著怎麼舉。

董事會每三個月開一次，我一共參加了六次，每次我都領到五萬多塊的車馬費。那實在是很不錯的外快，可惜一年後老闆說那家公司表現不行，他準備賣掉，叫我不要再當董事了。

不久老闆的母親過世，又發生了一些事。老闆給了我不少錢，我也離開了那個工作。跟老闆辭行的時候我說：

「下次如果你還需要我做任何事情，不管是當看護或者當董事，我都很願意……」

老闆沒說什麼，只是笑了笑，跟我告別。

過了沒多久，我在電視新聞看到一家公司被工人砸雞蛋的報導。我心想，咦，那不是我當董事的那家公司嗎？

再仔細一看，工人正舉著白布條，大聲抗議老闆沒良心，說他掏空公司，潛逃到美國去，害他們家破人亡……

直到那一刻我還在懷疑著：他們說的那個十惡不赦的人真的是我的老闆嗎？

不久我就接到警察的電話，說是有關那家公司的事情，想問我一些事情，問我能不能過去一趟？

答應了警察之後，我趕忙起身更衣。站在衣櫃前，一邊翻著衣服，我還想著到底要穿什麼衣服去警察局才好？翻著翻著，我看見了老闆送我的那三套衣服以及公事包……

我就這樣，站在衣服前面，愣了一會兒。

母親和錢和我

我有一個朋友出身企業家族，這個故事是她告訴我的。

從小上學我就有司機接送，平時讀書有家庭老師，學鋼琴、學英文、學游泳、書法都有家教，家裡不時充滿了各式各樣幫傭的人。我本來以為全世界所有人都是這個樣子，後來才知道並非如此。「有錢」使得我和學校同學格格不入，明明別人走路上學，我們家司機非得開著又笨又大的Benz接送我。每次離校門口遠遠的，我就吵著要下車。司機拿我沒辦法，讓我下車之後還站在那裡，直到我走進校門才肯離開。

每次我向母親抗議，她就說：「這也是為妳好啊，誰不曉得妳家裡有錢，綁匪不綁架妳，綁架誰？」

我漸漸長大，愈來愈不喜歡家裡這樣的背景。有一次我口無遮攔地說：

「妳開口閉口就是錢，難道除了錢，妳看不到別的了嗎？」

母親更生氣了，罵我說：「妳憑什麼講這種話呢？妳這個大小姐學英文、學琴、學游泳、學書法、買衣服、坐車……哪一樣不用錢？」

我回嘴說：「妳說我是大小姐？妳有沒有問過我喜不喜歡當大小姐？我有選擇嗎？錢錢錢錢錢，妳只會說錢……我恨錢。」

母親更生氣了，睜大了眼睛說：「妳再說一遍？」

「我，恨，錢！」我果然又說了一遍。

那次衝突之後，母親決定不再給我零用錢，讓我嘗嘗沒有錢的滋味。

我受不了，跑去找父親要錢。沒想到父親沒給我錢，反而勸我向母親道歉。我當然不肯道歉，開始動腦筋打工賺錢。我開了鋼琴家教班，收了幾個國小學生，每天在家裡教琴。教了不到一個月，學生統統被母親趕走了。

我抗議：「這也是我的家，妳憑什麼趕走我的學生？」

「妳知道家裡光是侍候妳的家教、傭人，每個月要花多少錢？笑死人了，妳在家裡打工賺錢，這事情傳出去，妳叫妳爸爸臉往哪裡擺？」

我嘛了嘛嘴，心想：反正妳不讓我在家裡教，我到外面去教就是了。後來我找到了一個家教的機會，瞞著家裡，一個禮拜兩個晚上，到學生家裡去教鋼琴。

教了兩個多月，我自以為神不知鬼不覺，得意揚揚。沒想到有一天教琴時，學生家長的朋友正好來了，家長帶著她的朋友走進琴室參觀。

「我來介紹一下。」

聽到家長的聲音，我立刻轉身。一看到她的朋友，心臟差點沒跳出來。沒想到所謂的「朋友」不是別人，正是我的母親！

「這是趙小姐，」學生家長指著我說：「趙小姐還在讀大學，雖然家境不是很好，可是人很上進，她半工半讀……」

我緩緩起身，看到母親的臉色一陣紅一陣綠的。特別是家長提到「家境不是很好」時，我可以感覺到她簡直快氣昏了。我低下了頭，準備好了挨罵或者接受任何最壞的可能。

就在這時候，出乎意料之外的，我竟聽到母親客氣地說：「趙小姐，妳好。」

我抬起頭看著母親，眼睛睜得大大的。

「這是趙太太。」學生家長又介紹母親，「真巧，妳們都姓趙。」

接著我竟然聽到自己的聲音說：「趙太太，妳好。」我發誓這輩子從沒覺得那麼荒謬過。

是我的母親先伸出了手。

「幸會。」她說。

「幸會。」我也跟著回答。

然後我們像陌生人一樣，開始熱絡地握手。

政治獻金

最近因為總統大選，政治獻金的問題在媒體上炒得火熱。大家談論得興致勃勃：如果沒有好處，為什麼還會有人樂意政治捐獻？錢到底捐給了誰，又透過什麼樣的中間人？

有次席間，有人說了一則東漢政治獻金的歷史故事。雖然無關現實，不過實在非常有趣。我本來以為只是稗官野史，沒想到竟在《資治通鑑》上找到了記載。趁著熱度，我重說一遍，和大家分享。

事情記載在西元一七〇年，也就是東漢靈帝建寧三年這一年。東漢雖然沒有政黨政治，不過到了末年，由於接連幾個皇帝年幼即位、早夭，因此「外戚」和「宦官」不斷地介入皇位的血腥爭奪，你死我活。一旦政權更迭，動輒牽涉到重要職務的人事全面更動。這個部分，很接近當代政黨輪替的情況。

三年前桓帝逝世，以竇太后為首的「外戚」黨看中非直系血親的靈帝入主大位，主要就是因為他才十二歲，可以操縱。不過就在靈帝即位不久，「宦官」黨發動了一次血腥政變，流放了竇太后，並把「外戚」黨的重要人物竇憲、陳蕃等人全部誅殺。「政黨輪替」的結果，使得「外戚」黨人全被拉下來。這空出來的許多位置和利益當然就成了「宦官」黨得以操弄的最佳籌碼。

中常侍張讓很快成了紅得發紫的政治新貴。根據記載，當時張讓在洛陽的官邸門庭若市，每天有許多政要名流求見，光是排在官邸門口等待的馬車以及車夫，往往就有成千上百。

孟佗就是這個行列中急於和張讓建立政商關係的一個富豪。想見到張讓實在太不容易了，就算見到張讓，由於送禮者眾，想引起他的注意也不容易。聰明的孟佗於是用心結交張讓官邸的家務總管。他不但請總管吃飯，送許多禮物，連總管的屬下，也一樣出手大方，巴結奉承，決不吝嗇。

過了一陣子之後，家奴們開始覺得不安了，紛紛跑來問孟佗：

「孟先生，我們只是家奴，你卻對我們這麼好，我們該如何報答才好呢？」

「我沒有別的請求，」孟佗笑著說：「只希望明天你們在眾人之前，恭恭敬敬地對我下跪一次，引導我直接進入官邸就可以了。」

家奴們覺得這件事情容易，於是滿心歡喜地答應下來。

隔天，張讓官邸前求見的馬車仍然絡繹綿延。孟佗的馬車故意晚到。就在他抵達的時刻，官邸總管帶著大小家奴，誠惶誠恐地跑到孟佗的馬車前迎接，大禮參拜，並且引導孟佗的車輛，越過大排長龍的隊伍，直接駛進大門。

這場演出使得所有想巴結張讓的人大吃一驚，大家都認定孟佗和張讓的關係非比尋常。耳語很快傳開，當天晚上就有人到孟佗住處求見，送給孟佗金錢和許多奇特的寶貝，希望孟佗能在張讓面前說一些好話。

想結交孟佗的人愈來愈多，禮物也愈來愈貴重。孟佗集合眾人的獻金以及奇珍異寶（當然也扣下了自己應得的回扣），請總管以自己的名義轉送張讓這份政治獻禮。這份規模不同凡響的大禮果然引起張讓的注意，敲開了張讓的心門。

張讓愈來愈喜歡孟佗，同時孟佗邸前的馬車也愈排愈長。孟佗幫許多人升官發財，他自己也愈來愈富有。顯然這種政治獻金中間人的角色十分符合時代的需求。

孟佗的政商關係無遠弗屆，最後他甚至還當上了涼州的州長（刺史）。

here
&thereere

最教人害怕的是……

這是我自己遇到的故事。

十幾年前大陸剛開放時，我曾經到過北京，那時候台灣觀光客被當地不肖分子當成肥羊，很多人都有受騙上當的經驗。有一次，我在友誼商店買了一瓶大陸特產酒，回到飯店之後才發現這瓶酒已經被喝掉一半，瓶口又巧妙地被封了起來。

「一定是店裡的夥計監守自盜，」北京當地的地陪導遊同仇敵愾地說：「他看你是外地人，欺生。」

「現在該怎麼辦？」我問地陪。

眼看我們的行程緊湊，專程再拿回去商店退換顯然不可能。

他抓了抓腦袋問：「你這是自己喝，還是要拿回台灣送人？」

「要送人的。」

「那好辦，」他忽然眼睛靈光閃現，熱心地說：「反正這種酒台灣沒人喝過，我拿去幫你摻水，不就得了。」

更教人害怕的是……

這是我自己遇到的故事。仍然是十幾年前大陸剛開放時那次的旅遊經驗。

或許是社會主義與台灣教育的方式不同吧，我們在杭州碰到的地陪導遊除了認真地介紹景物的歷史、地理背景以外，真是不苟言笑。雖然我們試著逗他，不過顯然我們開玩笑的方式他並不熟悉。

後來不曉得是演習還是怎麼回事，在西湖時，忽然聽到了防空警報。

「防空警報，」我半開玩笑地說：「莫非是台灣反攻大陸了？」

我記得那是他唯一開懷大笑的一次。

「這位客人，」他抱著肚子笑得眼淚都快流出來了，他說：「您真是愛說笑。」

屁股

基本上，說這個故事的朋友也是聽別人說的。

「那時候散布故事的熱情與氛圍，讓你感覺到某種更深刻的真實，」她說：「到最後真的假的反倒沒那麼重要了……」

我在巴黎讀書已經是幾十年前的事情了。那時候台灣還在戒嚴時期，許多異議人士被政府列入黑名單，拒絕入境。據說，台灣的留學生一到海外，言行舉止立刻受到嚴密的監視。大家雖然敢怒不敢言，但只要一談起這些趾高氣揚的監視者，不免都充滿了不屑的情緒。

當時在巴黎就有這麼一個黨營機構人員，因為在某個聚會上和留學生發生了爭執。為了維護自己的權威，他私仇公報，利用職權向台灣當局打小報告，誣賴學生參加海外叛亂組織，並且發表不利政府的言論。

這個留學生渾然不知，等完成學業要回國時，才發現因為這些報告，使得他被列入政府不歡迎回國的黑名單中。窮留學生處處碰壁，在法國又沒有工作。他百感交加，拿著一把匕首混進了除夕慶祝酒會，趁著告密者發表演說時，對著他的屁股狠狠戳了一刀……

警察立刻帶走了刺客。告密者經送醫之後被縫了十幾針，情況也無大礙。然而這個消息很快轟動僑界，留學生一面倒地同情行刺的學生，為他喝采。當地就有個華裔律師甚至免費擔任這個學生的辯護人。

住過巴黎的人都知道，法國大概庇護了全世界最多、也最複雜的政治人物。從非洲國家的軍閥、伊朗的巴勒維國王與柯梅尼的人馬、阿拉伯人跟猶太人、北愛爾蘭人跟英國人……劫機、槍戰、丟炸彈，這些敵對的政治團體不時給法國帶來各式各樣的恐怖事件，無窮無盡。法國人當然明白，只要停止政治庇護的法律措施，或者是嚴格地限制政治庇護的條件就可以少掉很多麻煩。可是從大革命時代開始，法國就標榜自由、平等、博愛，因此法國的法律規定，不得拒絕那些因為政治理由而向他們提出「庇護」要求的人。他們覺得自己有義務收留、保護這些人，也願意為它付出代價。

義務律師詳細研究了案情之後，認為以政治庇護的理由替留學生辯護最為有利。幾經訴訟之後，果然法官同情學生的處境，只給他判刑三個月，並且還提供給他「政治庇護」，讓學生擁有法國的居留權。法國的永久居留權在當時是很不容易的事情，消息傳來，讓許多人豔羨得口水都流出來了。有人說：

「三個月算什麼呢？能拿到法國的居留權，哪怕是坐牢一年半載的也划算。」

至於屁股被刺的那個告密者，則足足在床上趴了一個禮拜才恢復正常。復出之後，他的威權顯然受到了很大的折損，不時有留學生在公開場合跟他爭辯、抬槓，甚至揚言：「拜託你打我小報告啊！」

糟糕的是，這一切都使得他的屁股像某些政治動亂國家的大使館一樣，成了公開示威的目標與象徵。果然沒多久，又有一個更瘋狂的學生，在另一個場合，拿著另一把匕首，對準他另一邊的屁股，又是用力一戳……

據說這個告密者嚇得從此辭去了所有職務，不曾在任何華人的公開場合出現了。

傳染

近來募兵制又被提起。有次聚會，不知怎麼聊的，有人談起了從前當兵的往事。

二十幾年前我入伍新兵訓練。那時候的部隊很克難，每天洗完澡之後，每班發下兩條標明連隊班別的洗衣繩，讓學員依序把換洗的內衣褲以及襪子綁在洗衣繩上，再統一送洗，隔天送回。開始時，我偶爾聽到有人抱怨衣服洗不乾淨，或說衣服不是原來的衣服，我一點也不在意。

過了幾天，我的腳趾間長出紅紅的水痘，癢得不得了。我趕快跑去找醫官，醫官看都不看一眼就開了條藥膏給我。

「長黴菌。」他說。

「為什麼會長黴菌？」

「就是傳染嘛，」他說：「倒楣囉，當然長黴菌。」

我百思不解，怎麼可能傳染呢？直到有一天，我被派公差，去洗衣部幫忙洗衣服。我發現洗衣槽內許多沒有綁緊的襪子掉了下來，漂游在水面上。

「這些掉下來的襪子怎麼辦？」

士官長看都不看一眼就說：「你不會看哪一條洗衣繩有空位就綁哪裡？」

「可是……」我面有難色。

士官長大罵：「你是聽不懂國語，還是白癡？」

那時候我終於恍然大悟，嚇得從此不敢再送洗任何衣襪。可笑的是，儘管沒有送洗，隔天的洗衣繩照樣有衣服、襪子綁回來，搞得我每天三更半夜除了爬起來偷洗衣服外，還得把多出來的衣襪丟到垃圾桶去。

當時一個營部六、七百個學員才有一個洗澡堂。所謂的澡堂根本只是個大水池。大家依連隊次序在集合場整隊，之後全身脫得只剩內褲，把衣物擺好。在值星排長一聲令下，所有學員捧著臉盆，以及臉盆內的毛巾、肥皂和換洗內褲，衝進澡堂，搶到水池邊站定位置。往往前一個連隊才進到澡堂，外面已有另外一個連隊在集合場等待了。通常先由班長起音，他唱著：「梅花梅花滿天下，預備——唱。」

大家齊聲合唱。在一、兩分鐘的歌聲之中，學員必須脫下內褲，用臉盆舀水，沖洗，抹肥皂，洗刷，再沖洗……

歌聲一結束，班長立刻喊：「停！十秒鐘內集合場集合完畢。」他開始倒數計時：「十、九、八、七……」接著現場一片混亂，一百多個人同時把架上的白毛巾、白肥皂、白色內褲往臉盆裡面塞，有人頭上還都是泡沫，一邊穿著內褲一邊往門外衝……

有一天，班長才喊停，我一回頭，發現架上的內褲統統不見了，只剩下兩條毛巾。我慌忙用毛巾遮住下體，衝到集合場，垂頭喪氣地報告班長：「報告班長，學生多出來一條毛巾，卻沒有內褲。」

「這可鮮了，」班長饒富興致地問：「誰拿了人家內褲當毛巾？自己舉手。」

問了半天沒人舉手。班長抓抓頭，把我叫過去。他看著正在澡堂的另一個連隊說：「限你十秒鐘，進去幹一件內褲出來，懂不懂？」

我正猶豫時，全連已經興奮地開始為我讀秒了：十、九、八、七……等大家數到二時，我已經趁著混亂，成功地從澡堂幹出一條內褲來。我在門口高舉內褲，戰利品似地用力搖晃。全連為之歡聲雷動。

我勝利的得意並沒有持續很久。

儘管每天自己洗衣服，抹藥，可是腳部的黴菌一直沒有改善。糟糕的是，幾天後，我在洗澡時，發現竟連腹股溝也開始長起了小小紅紅，癢得不得了的水痘。天啊，又是黴菌！我哀悽地想著，一定是那次偷拿了別人的內褲，一次中標的。

「停。」我又聽見班長喊著：「十秒鐘內集合場集合完畢。」一轉身要拿換洗衣物時，我簡直笑到差點爬不起來了。亂軍之中，我發現那條我穿過的內褲不曉得又被哪個倒楣鬼順手摸走了。

聖荷西

我有一個朋友從事時裝業。有一次，她在一個場合認出了一個人，那個人也認出了她，他們興奮地停下來打招呼，並且熱絡地敘舊。我常在《商業周刊》上看到那個人的相片，他是某大企業現任的執行長。

「咦，」我問我的朋友：「妳怎麼會跟他那麼熟？」

以下就是她告訴我的故事。

很多人可能一輩子沒聽過聖荷西。聖荷西是哥斯達黎加的首都，一九七八年夏天我在那裡待了一個多月。在那之前，我也從沒聽過聖荷西。

七〇年代台灣正處於內外交迫的環境。對內方面有石油危機造成的經濟蕭條，對外方面則是遭受中共的外交包圍，不但聯合國席位被中共取代，包括日本在內的許多國家紛紛宣布與台灣斷交，轉而投向中共。一九七二年尼克森訪問大陸之後，台灣最大的友邦美國與中共關係愈發親密，台美關係更是變得岌岌可危。

那時候台灣有人賣掉房地產想盡辦法移民到美國、加拿大去。也有人申請其他國家的國籍和護照，以防萬一。到了一九七八年，我爸爸開始不看好台美關係，他和我媽動了念頭想辦哥斯達黎加的護照，問我有沒有興趣同行？當時我在歐洲唸書，台灣的護照很不好用，簽證常常受到刁難，於是我決定利用暑假回到台灣，和他們一起搭機前往聖荷西。

當時想成為哥斯達黎加的國民除了要待上一段時間外，每個人必須將兩萬美金換成哥斯達黎加克朗（clone）幣存入銀行，並且購買一萬元美金的土地進行開發。我們三個人連同飛機往返、住宿以及種種手續費用共花掉十幾萬元美金。以當時一比四十的匯率以及物價水準來看，那些錢已經足夠在忠孝東路上購買一棟一百坪左右的公寓大廈了。

我到聖荷西住進當地一家最高級的飯店。一住進飯店我很驚訝地發現這個飯店住滿了許多我從小就認識的台灣企業家族，原來大家都利用暑假攜家帶眷來了。

在聖荷西的日子真的很無聊。印象中，大人們熱中於到處看別墅、買別墅，我們年輕人就集合在一起學西班牙話。除此之外，大家幾乎整天沒別的事情好幹了。飯店有個游泳池，每到下午大家就泡在那裡聊天、喝飲料。常常聊到無話可聊了，我就躺在游泳池的水床上看書。那時候他也喜歡躺水床，游泳池就兩、三張水床，老是被我們占住。我們在游泳池漂啊漂地，偶爾水床撞到一起，我們也只是彼此笑笑。

那大概是我們這一生最悠閒的一段時光了。我們一直待到拿到護照才離開。果然那年十二月十六日，美國就宣布和中共建交，並且中止了與台灣的共同防禦條約。當時我們有點驚慌，全沒有料到事情並不像我們擔心的那樣。二十多年來，台灣的經濟愈來愈好，我們也全變得愈來愈忙碌。最近一次聚會，提起這件事，忽然有人說：

「我們何不回聖荷西去度個假，把那時放在銀行的錢全部提出來花光？」

大家算了算，才發現克朗一路貶值到現在，我們銀行的存款早不夠買來回機票了。當時有個親戚沒跟我們一起去聖荷西，他用錢買下來的忠孝東路一百多坪公寓大廈，現在都已經價值新台幣三千多萬元了。

我親戚常愛拿這件事情嘲笑我虧大了。不知道為什麼，每次被他嘲笑，我就想起當時躺在水床上無邊無際地漂浮的感覺。

說真的，我很高興在聖荷西花掉的錢後來並沒有派上用場。

50%的水餃攤

這是朋友告訴我，在總統大選期間一個水餃攤的故事。

每天上班我都會經過捷運站附近的那家水餃攤。那是一家老店了，從小我就在那裡吃水餃，有時也帶朋友一起去吃消夜。攤子的老闆是個退伍老兵。水餃攤從中午開到清晨一、兩點，生意好得不得了。幾年前老先生生了一場大病，過世前交代兩個兒子要同心經營水餃攤，並且互相照顧，兩兄弟含淚答應。

老先生過世後，兄弟把水餃攤經營得有聲有色。每次我去吃水餃，看見哥哥在外場招呼客人點菜收錢，嫂嫂和弟弟則負責內場廚房的工作。捷運通車之後，人潮使得生意更是愈發興旺。

就這樣過了將近一年左右，弟弟結婚了，水餃攤又多出了一個女員工。不過，弟媳婦和嫂嫂似乎處得不好，常常拌嘴。她們的爭吵愈來愈嚴重，弟媳婦指責哥哥收錢有問題，接著是嫂嫂指控弟弟採買暗收回扣。他們甚至當著客人大吵特吵，醜話說盡、聲淚俱下，說是要客人評理。

雙方都想逼走對方。不過水餃攤的現金收入實在太高了，誰也不願退讓。過了不久，我發現水餃攤被用木板隔開了。不但如此，地面上也劃分出左右不同領域，各有桌椅，各自點菜收錢。最荒謬的是，兩邊賣的是一模一樣的水餃，一模一樣的價錢。

兄弟一樣為了搶客人，彼此較勁、爭執。有客人受不了，建議他們乾脆輪流做生意，反正收入一樣，省得老是吵架客人看了心煩。兩個兄弟從善如流。從此地面上那條中間線不見了，水餃攤又變成了禮拜一、三、五右半邊爐灶開火，左半邊打烊，到了禮拜二、四、六正好相反。

本以為從此相安無事，沒想到偶爾去吃水餃，還是聽見兄弟之間數落對方，抱怨一大堆沒完沒了的瑣碎……

很快二〇〇四的總統大選就來了。隨著總統大選選情緊繃，哥哥在右半邊爐灶插起泛藍旗幟，弟弟則不甘示弱地在左半邊插滿了泛綠旗幟。支持政黨本是個人自由，水餃原來也不分藍綠的，不過顧客心裡卻不這麼想。支持泛藍陣營的顧客向哥哥抱怨說：「你只有禮拜一、三、五才開張，我們二、四、六要是想吃水餃怎麼辦？」

「一樣有水餃吃啊。」哥哥說。

「那種綠色的水餃啊，」客人不屑地回應：「我是死也不吃的。」

泛綠的支持者一樣不吃藍色的水餃。過了不久，地面的中線又恢復了。兄弟為了各自支持的陣營天天出來賣水餃。隔著木板，綠藍陣營旗幟鮮明，壁壘分明。喝了酒的客人更常因為不同的政見彼此叫囂，整個水餃攤簡直像個火藥庫，一觸即發。

直到三月二十日選舉開票那天，緊繃的情緒終於到了最高點。票開到最後，綠營以0.228%的微小差距領先，雙方再也無法克制了。先是彼此口角，接著泛藍支持者去掀泛綠的桌椅，然後又是泛綠也掀泛藍的桌子……到了最後，雙方開始扯打，價目、招牌全毀，攤子被砸得扭曲變形，連同水餃料理推倒在地，到處湯汁四濺，慘不忍睹。

事後雙方振振有辭，都認為錯不在己，指控對方必須負責並且出錢修理水餃攤。總之，大家都卯起來不做生意了，看誰先撐不下去餓死。

到現在十幾天了，地上的爛攤子仍然還躺在那裡，無人聞問。

每次經過水餃攤時，我就有很深的感慨。

不知道什麼時候，我們可以再坐下來好好地吃一頓水餃？

單車大對決

我的朋友是個單車運動熱愛者，這個關於單車比賽的真實故事就是他告訴我的。他強烈地希望我把故事寫出來，讓大家看到。

今年夏天我最著迷的事情莫過於七月在法國舉行的環法單車賽了。環法單車賽可以說是全世界最重要的比賽之一，特別是今年，眾所矚目的阿姆斯壯（Lance Armstrong）能不能再度拿到冠軍，成為繼西班牙選手英度連之後第二位擁有五連霸紀錄的選手，更是眾所關切。

來自美國德州的阿姆斯壯本身是個癌症病人，他的癌細胞甚至一度轉移到了胸腔和腦部，在經過化學治療之後又重回比賽。阿姆斯壯堅強抗癌的故事鼓舞了許多病人，他也成了美國人心目中的大英雄。這次參賽的一百九十八位選手中，對阿姆斯壯最具威脅的對手莫過於來自德國的吳里克（Jan Ullrich）了。吳里克比阿姆斯壯年輕，曾經是一九九七年環法單車賽的冠軍得主。雖然經歷過兩次的膝蓋手術，不過今年吳里克捲土重來，可說是爆發力十足。

長達三千四百二十八公里的環法單車賽共分成二十個階段。從第一階段開始阿姆斯壯就受到吳里克的糾纏陷入了苦戰。雖然阿姆斯壯一直保持些微的領先，可是這個差距一直在縮小。比賽進入庇里牛斯山的階段之後，吳里克更是急起直追，秒數愈拉愈近。到了第十四階段的賽程結束，阿姆斯壯竟只領先了吳里克十五秒。這麼小的差距使得第十五階段的比賽變成了最關鍵的路段。在這個長達一百五十九公里的階段中，選手不但必須翻越三個山頭，還得經歷變化多端的氣候。由於這是到達巴黎前最後一段艱辛的路段了，一般評論家都認為第十五階段會是阿姆斯壯和吳里克最重要的決戰點。

七月二十三日是這場對決的大日子。儘管比賽的路段多霧，山區仍然擠滿了昂首企盼的觀眾。如同大家所預料，阿姆斯壯在翻越第二個山頭開始取得領先，吳里克緊追在後。途中雖然吳里克幾次試圖超越阿姆斯壯，可是一直沒能成功。情勢到了終點十公里前開始發生逆轉，領先的阿姆斯壯轉彎時不小心右手煞車勾到了路邊觀眾的手提袋。這個意外使阿姆斯壯連人帶車摔得四腳朝天，還絆倒了另外一位西班牙選手。幸好隨後而至的吳里克一個緊急閃躲，平安地穿越而過。

眼看吳里克只要用力衝過去就可以甩開阿姆斯壯，改變整個情勢，守候在電視機前的德國觀眾簡直興奮得幾近瘋狂。然而這時候吳里克卻慢下了車速，頻頻回首看阿姆斯壯，關心他的狀況。他其實可以不用那樣的，可是吳里克卻堅持等阿姆斯壯重新騎上單車。我們大概很難想像，那樣的等待會是什麼代價。不過吳里克卻一直等到他的對手恢復速度之後，才又繼續他們的對決。

後來我才知道兩年前的比賽中，吳里克摔倒時阿姆斯壯也曾等過他，這只是吳里克的回報。說真的，在台灣一片泛藍、泛綠的選舉對罵，政治惡鬥的報導中，看到新聞畫面時，感受非常複雜。不曉得為什麼，就在那幾秒鐘，我就是忍不住內心的感動，眼淚都流出來了。

幾天後，阿姆斯壯終於以六十一秒的差距領先了吳里克，取得了二〇〇三年環法單車賽冠軍，並且完成他五連霸的美夢。這實在是一場令人終生難忘的對決，雖然它只產生一個冠軍，可是卻在我的心目中造就了兩位偉大的英雄。

國家圖書館出版品預行編目資料

侯文詠極短篇【全新版】/ 侯文詠著.
--全新版.--臺北市：皇冠文化. 2018. 01
面 ;公分（皇冠叢書；第4671種）

ISBN 978-957-33-3354-8(平裝)

857.63　　106023026

皇冠叢書第4671種
侯文詠作品 11

侯文詠極短篇【全新版】

作　　者—侯文詠
發 行 人—平　雲
出版發行—皇冠文化出版有限公司
台北市敦化北路 120 巷 50 號
電話◎02-27168888
郵撥帳號◎15261516號
皇冠出版社（香港）有限公司
香港銅鑼灣道 180 號百樂商業中心
19 字樓 1903 室
電話◎ 2529-1778　傳真◎ 2527-0904
總 編 輯—許婷婷
責任編輯—平　靜
美術設計—王瓊瑤
著作完成日期—2004年
全新版一刷日期—2018年1月
全新版五刷日期—2023年7月
法律顧問—王惠光律師

讀者服務傳真專線◎02-27150507
電腦編號◎ 010110
ISBN◎978-957-33-3354-8
Printed in Taiwan
本書定價◎新台幣280元/港幣93元